"LIVROS NÃO SÃO TUBOS DE KETCHUP, MAIONESE OU MOSTARDA.
LIVROS SÃO OBRAS DE ARTE. A VOZ DO LIVRO NÃO CALA."

RONALDO CORREIA DE BRITO

CRÔNICAS

PARA LER NA ESCOLA

© 2011 by Ronaldo Correia de Brito

Todos os direitos desta edição
reservados à Editora Objetiva Ltda.,
rua Cosme Velho, 103
Rio de Janeiro — RJ — CEP: 22241-090
Tel.: (21) 2199-7824
Fax: (21) 2199-7825
www.objetiva.com.br

Capa e projeto gráfico
Crama Design Estratégico

Imagem de capa
Carolina Pires

Coordenação editorial
Isa Pessôa

Produção editorial
Daniela Duarte

Produção gráfica
Marcelo Xavier

Revisão
Rita Godoy
Cristiane Pacanowski
Tamara Sender

Seleção de textos
Cristhiano Aguiar

Editoração eletrônica
Abreu's System

CIP-BRASIL. CATALOGAÇÃO-NA-FONTE
SINDICATO NACIONAL DOS EDITORES DE LIVROS, RJ

B877r
    Brito, Ronaldo Correia de
        Ronaldo Correia de Brito: crônicas para ler na escola /
    Ronaldo Correia de Brito. - Rio de Janeiro: Objetiva, 2011.

170p.   ISBN 978-85-390-0240-5

    1. Crônica brasileira. I. Título.

11-0780   CDD: 869.98
                                CDU: 821.134.3(81)-8

RONALDO CORREIA DE BRITO

CRÔNICAS
PARA LER NA ESCOLA

APRESENTAÇÃO REGINA ZILBERMAN

Sumário

Apresentação, 9

Constrangimentos, 15

Solstícios, 19

Peixes, cebolas e políticos, 23

Nunca me convidem a um casamento, 27

Meu livro de cabeceira, 31

Os cinco rapazes do hotel Pirâmide, 35

Procura-se um personagem, 39

O que faz Mickey no lugar de Jesus?, 43

Sobre heroísmo e astúcia, 47

Viajar é um terror, 51

Sozinho eu vou, 55

Onde botar os livros?, 59

O ano de 1964 pelas lentes de Fellini, 63

Ignorância ou preconceito?, 67

Trote nunca mais, 69

Natal, pão de ló e Coca-Cola, 73

Nem tanto a Jesus, nem tanto a Judas, 77

Entrevista com o lobisomem, 79

O leitor e a bibliotecária, 83

O consolo que vem dos livros, 87

Para onde estão me levando?, 91

Cortem a cabeça!, 95

O lampejo da morte, 99

Conversa com Dom Hélder Câmara, 103

Quem elegeu Barack Obama, 107
O canceroso imaginário, 109
Bach e José Aniceto, 113
Uma viagem literária, 117
Vou morar na Europa e ser famoso, 121
E a cidade de São Francisco nem tremeu, 125
Paris é um sonho, 129
O artista e seu legado, 131
E mesmo assim continuamos escrevendo, 135
Estamos partindo, estão chegando, 139
O santo brasileiro, 143
A escrita e os modismos, 147
Machado, Machado, Machado..., 151
A voz do livro, 155
Memória e bytes, 159
Viva o partido encarnado!, 163
Cristo nasceu em Macujê, 167

Apresentação

QUANDO "NOS TORNAMOS IGUAIS"

A crônica é um gênero literário que apresenta facetas muito diversas. Pode contar histórias vividas por seu autor, comentar fatos do cotidiano compartilhados entre o escritor e os leitores, relatar histórias imaginadas por um narrador anônimo, discutir problemas de fundo filosófico ou político. Se quiséssemos exagerar, poderíamos dizer que a crônica é um gênero permissivo, pois aceita as mais diferentes configurações.

Por outro lado, a crônica impõe certos limites a quem a pratica. Ela nunca é muito extensa, e a concisão parece ser uma das virtudes cardinais do cronista. Se este encompridar o discurso, arrisca a transformar seu texto em um conto ou em uma narrativa memorialista. Se aprofundar demais a análise de um evento ou dos problemas que afligem a sociedade e os homens, aproxima-se da obra de História ou do ensaio.

Outra marca — talvez a mais importante — caracteriza a crônica como forma literária: o sujeito que faz crônicas expõe-se de alguma maneira enquanto individualidade singular. Seja porque emite opiniões, seja porque recorda algo que ocorreu recentemente ou no passado, seja porque fantasia um episódio que poderia ter acontecido — em todas essas alternativas, um ser emprega a primeira pessoa do discurso, e esta coincide integralmente com o autor que assina o texto.

Assim, o "eu" que aparece na crônica não pretende que o consideremos distinto do escritor que produziu a obra ou o livro que reúne seus escritos. Ele também não gostaria de que o julgássemos fictício ou imaginário.

Operar dessa maneira não é fácil: tente redigir em primeira pessoa, mostrar seu mundo interior, revelar suas concepções sobre o mundo e os seres humanos e, ao mesmo tempo, compor uma crônica. O caminho é penoso e cheio de obstáculos, porque podemos ser atraídos para outras formas de manifestações, como a carta, a confissão, o memorialismo. A rota trilhada pelo cronista está pontuada por armadilhas, tentações, desvios, retornos inesperados e saídas indesejadas — enfim, ao percorrê-la, ele arrisca-se a travar no meio do trajeto ou, então, a chegar a um local que não estava previsto, nem planejado.

É levando em conta as dificuldades com que se depara o cronista que podemos avaliar a maestria com que Ronaldo Correia de Brito elabora seus textos.

Comecemos por destacar sua concisão. Diga-se de passagem que ser conciso não quer dizer redigir textos curtos. Fosse assim, a crônica se mesclaria à anedota, se bem que algumas crônicas podem ser engraçadas. Ser conciso significa saber exprimir o principal em poucas frases — isto é, ir direto ao ponto.

"Constrangimentos" é um ótimo exemplo do modo como Ronaldo Correia de Brito exercita essa virtude: no primeiro parágrafo, o narrador resume o problema: está em uma festa, não conhece ninguém, quem o apresenta classifica-o de escritor nordestino — qualificação que não lhe agrada —, mas não leu sua obra. A partir daí, os problemas se acumulam, e a situação piora cada vez mais, pois, no decorrer do diálogo, o interlocutor do cronista acaba por se identificar como escritor, forçando uma afinidade inteiramente indesejada pelo narrador do episódio. Este mergulha em uma espiral de complicações da qual não consegue fugir, levando consigo o leitor, que, embora se sinta tão desamparado quanto o cronista, simpatiza com sua posição.

A segunda virtude praticada por Ronaldo Correia de Brito decorre da franqueza com que exibe suas posições. Essas, por sua vez, caracterizam-se por contrariar o lugar-comum, os modismos, os experimentalismos ocos. O já citado "Constrangimentos" contesta os clichês formulados a propósito da literatura regionalista, que, para merecer essa designação, segundo o inconveniente interlocutor, deveria ser protagonizada tão somente por "coronel, padre, delegado, beata, cangaceiro e moça donzela". Em "Natal, pão de ló e Coca-Cola", o cronista contrapõe a forma como se comemorava o Natal em sua infância, "noite de Festas" como era chamado àquela época no sertão, à maneira como passou a ser celebrado após a invasão das "modas cariocas" na cidade do Crato, no Ceará, para onde sua família se deslocara.

Também "Procura-se um personagem" e "O que faz Mickey no lugar de Jesus?" trazem para o primeiro plano o confronto entre dois tempos. Ao propor o cotejo entre duas culturas, o cronista não apenas manifesta seu posicionamento, mas registra igualmente o artificialismo dos festejos natalinos, assim como dos hábitos e atitudes que se instalaram em nossa sociedade, por influência da cultura norte-americana. Contudo, sua perspectiva não é passadista, nem nostálgica, já que seu propósito é dar a conhecer seu ponto de vista. Além disso, como o final de "Natal, pão de ló e Coca-Cola" mostra, os dois modos de vida — o tradicional e sertanejo, de um lado, e o moderno e urbano, de outro — acabam por se acomodar, expressando, assim, nosso peculiar jeito de ser.

O importante é que Ronaldo Correia de Brito não tem medo de transitar na contramão dos gostos e do último grito. Em "A escrita e os modismos", explicita sua aversão às opções experimentalistas dos "contistas da nova geração", que abominam histórias com início, meio e fim, encurtam os textos a ponto de desfigurá-los, desprezam os modelos clássicos. Mas também nesse caso Ronaldo não é mero admirador dos ficcionistas canônicos: em "Machado, Machado, Machado...", admite a grandeza do criador de Bentinho e Capitu, mas insiste na necessidade de que se leia a literatura brasileira contemporânea. Do esclarecimento de suas posições frente aos escritores e suas obras, extraímos a concepção que o cronista tem sobre sua atividade: cabe valorizar o atual, mas não se deixar empolgar pela mera novidade, quando esta contraria o que de melhor a tradição, culta ou popular, foi capaz de produzir e oferecer.

A terceira virtude a ser mencionada tem a ver com a principal propriedade da crônica enquanto gênero. Como se observou antes, o cronista emprega de preferência a primeira pessoa do discurso, porque não teme se expor enquanto subjetividade. Assim, quando Ronaldo Correia de Brito toma posições diante das tendências da vida moderna ou das transformações da cultura, da sociedade e da literatura, ele está ao mesmo tempo se abrindo para o leitor, portanto, exercendo de modo completo o ofício de cronista.

Só que não é apenas nessas circunstâncias que Ronaldo se expõe. Pois, na maioria dos textos, não se trata apenas de emitir opiniões, criticar comportamentos, denunciar falsidades. Como o cronista protagoniza vários dos episódios narrados, é ele mesmo quem está em questão: gostos, experiências, acertos e erros. E o mais interessante é que Ronaldo não se revela menos crítico quando o assunto é sua pessoa.

Tome-se como exemplo a crônica em que narra sua conversa com Dom Hélder Câmara, arcebispo de Recife e Olinda à época em que se passa o episódio. Admirador do religioso que encarnava a resistência à ditadura militar que controlou o Brasil entre 1964 e 1985, Ronaldo deseja convidá-lo para batizar seu primeiro filho. Contudo, o cronista está ciente de que se afastou da religião católica, o que acaba por confessar a seu interlocutor, quando o encontra e formula o planejado convite. Por causa disso, e com muito bom-senso, Dom Hélder demove-o da iniciativa, já que essa não correspondia a uma manifestação de fé religiosa, e sim, em caso do cronista, tão somente ao cumprimento de um ritual social. O narrador concorda com a admoestação e desiste de seu projeto, rendendo-se mais uma vez à admiração pela sabedoria do arcebispo.

O texto é revelador do modo como o cronista se mostra a seu destinatário: aspira a que o leitor o veja como autenticamente é, nem mais, nem menos. É franco e honesto consigo mesmo, tanto quanto é sincero e límpido em relação ao que experimenta ou presencia a seu redor. Por efeito dessa transparência, as crônicas se propõem como um permanente diálogo em que cada um dos interlocutores se apresenta sem disfarces, sejam sociais, sejam linguísticos, sendo essa a razão para o emprego de um discurso direto e enxuto, sem meias palavras ou expressões benevolentes.

Graças a essa transparência, Ronaldo Correia de Brito realiza a mais importante lição da crônica quando colocada em livro. Pelo menos, é o que confessa em "O consolo que vem dos livros", em que salienta a utilidade da literatura. Depois de observar como, nas mais diferentes circunstâncias e independentemente da nacionalidade, classe social, idade, gênero ou cor, as pessoas leem, conclui: "Quando abrimos o mesmo livro e o folheamos, nos tornamos iguais."

É em nome dessa igualdade que o cronista se oferece, sem máscaras, nem artifícios, ao leitor. Aproveitemos a oportunidade!

Regina Zilberman

Constrangimentos

Na festa em que não conheço ninguém, o anfitrião me senta ao lado de um casal, imaginando afinidades. Apresenta-me como um escritor nordestino — meu Deus! —, e remexe na memória em busca de algum título que possa ilustrar-me. Depois de um esforço que me desgasta a timidez, finalmente lembra:

— Ele é autor daquela pecinha... Como é mesmo? *O Menino Deus...* Não é isso?

— *Baile do Menino Deus* — corrijo, envergonhado.

Não se passaram três minutos e sonho que uma nave espacial me abduz e me deixa alguns anos de férias em Marte.

— Então o senhor também é escritor?

Quem me faz a pergunta é a moça. Eu, que sempre tenho dúvidas se me apresento como médico ou escritor, imagino estar diante de uma poetisa ou romancista.

— Bem...

— Ele escreve, sim — garante o acompanhante. — Já li um artigo dele na revista *Continente*. Era a história de uns óculos quebrados.

Agradeço a lembrança. Surpreendo-me com a objetividade do leitor, resumindo duas páginas de uma crônica, em meia linha.

— Faz tempo que o senhor leu. Escrevi o texto há seis anos — comento constrangido.

Narrava uma experiência num teatro interativo. Escapei com vida do atentado, mas ainda me quebraram os óculos. Um artigo modesto; preferia que o esquecessem. Mas o interlocutor junto de quem me sentaram no baile de formatura não me perdoa, insistindo em lembrar minhas agruras.

Tento mudar de assunto, nem sei se os dois me ouvem, em meio ao barulho da orquestra e das vozes.

— Escrevi outras coisas, é verdade.

— Vi no jornal, mas não tive oportunidade de ler. O amigo podia me conseguir um exemplar?

— Desculpe. A editora manda poucos livros ao autor...

— Ninguém possui dinheiro para comprar tudo o que é lançado. Estabeleço prioridades: em primeiro lugar os clássicos.

Finjo que não escutei o insulto. Por sorte, a orquestra aumentou o volume de um sucesso de Roberto Carlos. Penso em tomar um chope, mas não bebo álcool. Olho para as outras mesas e são todos alienígenas. Viro-me na direção da moça, pedindo socorro.

— E você, escreve muito? — pergunto sem interesse, tentando escapar à berlinda.

— Adoro escrever. Depois que frequentei a oficina literária do professor Houdini, quebrei minhas amarras. Parece magia. Dez anos de psicanálise lacaniana não fizeram por mim o que a oficina fez.

— Compreendo.

— Escrever é mais delicioso do que comer bolo de chocolate com calda de caramelo. Você não acha?

— Bem...

— Isso mesmo, faz um bem danado. Quando acabei meu último namoro, enchi um caderno de lágrimas e poemas. Escute estes versos:

Partes sem fechar a porta
E na manhã de outono
O frio invade nossa casa.

O que acha?
— Talvez...
— Gosto muito da solução do frio adentrando a intimidade do lar, enquanto um coração enregela de sofrimento.
— De fato...
— Eu falo para todo mundo, essa moça é um dos maiores talentos do Recife — comenta o meu leitor. — Só a cegueira dos editores e críticos justifica ela ainda não ter estourado nas paradas.

Pronuncia a palavra "estourado" como se explodisse uma bomba no Oriente Médio. E eu, que sempre crio imagens para o que escuto, vejo o corpo franzino da poetisa se estilhaçando em mil versos.

— Houdini já disse para ela: "Escreva minha filha, escreva! Talento não lhe falta." Todo mundo é escritor, até prova em contrário. Eu mesmo já me arrisquei numas páginas. Sou regionalista assumido.

— Fale do seu último conto! — a moça encoraja o velhote, que já nem precisa de estímulo, depois do quarto uísque.

— Deixe pra lá! Estamos diante de uma sumidade. Quem sou eu para me comparar a ele?

— Modéstia. Cada um possui seu estilo.

— É verdade — ele confirma sorridente. — Regionalismo para mim é regionalismo, não tem panos mornos. História boa precisa de coronel, padre, delegado, beata, cangaceiro e moça donzela. E se não tiver começo, meio e fim não presta. É pura tapeação.

Olho em volta, desamparado.

A moça empolga-se.

— Como é o título do conto?

— *O bode cheiroso*.

Sem chance de planeta Marte, me apavoro e peço:

— Garçom, um uísque duplo!

Solstícios

Ano-Novo é igual a Copa do Mundo, desejamos que chegue logo, pensando que algo extraordinário irá acontecer. No dia seguinte tudo volta a ser como antes. Em janeiro de 2011 eu serei diferente do que era em dezembro de 2010? Talvez não. Provavelmente sim, pelo enunciado de Heráclito, aquele filósofo pré-socrático que anotei para estudar, na agenda de 2003, e nunca estudei. Tudo flui, afirmou o grego. Ninguém atravessa o mesmo rio. A cada travessia mudam as águas, mudamos nós, gira o planeta. A roupa branca do réveillon estava apertada, o peru foi servido com menos sal por causa da hipertensão dos convidados, a cadeira de tio Vicente ficou vazia. Fingiam não notar a ausência dele, para não pensar na morte.

Insistimos em comemorar a passagem do ano, o aniversário de nascimento, as bodas, a formatura, o batizado. Através das festas e seus ritos marcamos a passagem do tempo. Quando olhamos a desarrumação da casa e as garrafas vazias, e conferimos os estragos no cartão de crédito, sentimos uma ponta de arrependimento pelos excessos. Estou curado, digo, nunca mais cometerei a tolice de dar festas. Mentira. Sou um compulsivo que não resiste aos apelos do consumo, ou um ritualista como qualquer homem primitivo, que celebrava os solstícios de inverno e verão. É possível que o vazio experimentado ao término da festa seja o mesmo, em qualquer latitude ou tempo. Todos sentem que algo esteve abaixo do que desejava, ou excedeu as melhores expectativas.

    Não deixe de celebrar nunca. Retire as melhores toalhas das gavetas, a louça fina, as travessas de terracota ou faiança, os cristais bacará e da Boêmia. Não se importe se quebrarem uma taça do enxoval de casamento, deixando o jogo de doze peças incompleto. Pense no que ganhou quando o amigo abriu os braços, empolgado, rindo de uma lembrança de vocês. Nada combina melhor com o riso e a alegria do que o estilhaço de uma taça se partindo. Os russos quebravam todas. Tempos bons. Gente doida aqueles russos dos romances de Tolstoi. Não se fazem mais russos como antigamente, nem tantos cristais finos. Nem toalhas de linho branco para se sujarem de restos de patê, farelos de bolo, café e gordura da boca de convidados mal-educados, que as preferem aos guardanapos.

    O tempo corre mais ligeiro que antigamente, afirmamos por conta de muitos afazeres, deslocamentos, informações. Não é o contrário? Os dias monotonamente repetidos, sempre iguais nas rotinas em que nada de novo acontece, dão a impressão de que passaram rápido? O escritor alemão Thomas Mann, no livro *A Montanha Mágica*, teoriza sobre isso. Ele garante que a rotina faz a passagem de cem dias parecer a de um único dia. Por isso inventamos os cortes no tempo linear, um relógio de festas e celebrações. A memória passa a reger-se por calendários de acontecimentos. Conheci Antonio no noivado de minha irmã. Quando Francisco nasceu, comprei a casa em que moro até hoje. Tenho certeza que, no ano das bodas de sua avó, viajei à Espanha.

    Meu vizinho foi ao estádio ver os jogos do seu time. No dia da vitória, embriagou-se. Escutou o hino da agremiação até o dia amanhecer.

Pôs a bandeira de cores vermelha, branca e preta no carro, e saiu para trabalhar com um resto de ressaca. Não sei o que ele sente, porque nunca torci por um time e qualquer placar é indiferente para mim. Mas aquele homem sisudo que se embebeda e chora por causa de futebol me comove. Sua devoção não difere do fundamentalismo religioso. Ele aguarda o resultado de um jogo como os beatos esperam um milagre em suas vidas.

Viajei inúmeras vezes em caminhões pau de arara, rumo a Juazeiro do Norte, na companhia de romeiros do padre Cícero. Eles juntam os minguados dinheiros e visitam todos os anos os lugares de devoção da terra do Padrinho: o Horto, os Franciscanos, o Santo Sepulcro, a Igreja do Socorro, a de N. S. das Dores, a Sé, a Casa dos Milagres. Sete lugares de penitência, via-sacra para os romeiros. Antes de percorrê-los, não tomam banho. Cantam benditos, doze vezes cada um, para não quebrar a corrente milagrosa. Acendem velas, pagam promessas, compram bugigangas, tiram retratos. Em que acreditam? Que milagre esperam que aconteça?

Não sei responder. Talvez o mesmo milagre que desejamos ao estourar a rolha do champanhe. Abraçamos amigos e desconhecidos. Feliz Ano-Novo! — gritamos eufóricos. Depois da quinta taça, beijamos qualquer um. A orquestra prenuncia o Carnaval. Já?! Há uma semana era Natal. É isso, meu caro, o tempo voa. Trocamos os falsos pinheiros das ruas pelas máscaras de Momo. A decoração já é outra, a cadência do passo também mudou. Só o calor é o mesmo, em qualquer estação. Mas não desanime.

Afaste-se um pouco da orquestra, dos amigos, deixe o agito para trás. Sozinho, a taça vazia na mão, contemple o mar. A embriaguez cedeu, e surgiu de repente uma consciência da passagem dos anos, do ridículo que é viver. Retorna uma velha dúvida: o que mudou? O milagre não acontece nunca? Nem quando o seu time ganha, ou quando você percorre a pé os caminhos de Santiago de Compostela? Não existe mesmo, do outro lado...? Opa! Não faça a pergunta no primeiro dia do ano! Você pisa um terreno perigoso, recue, é mais seguro para a saúde. Depois da sétima taça, ninguém prevê o que acontecerá. Volte correndo para o meio das pessoas. Não se pergunte mais nada. Garanta-se. O milagre é só esse. Só esse? Que coisa mixuruca! Esperei tanto tempo! Mas você já sabia. No ano passado foi a mesma coisa. E, nos anos anteriores, também. Apesar dos preparativos, dos anseios e da euforia, o máximo que pode acontecer é lhe desejarem um feliz Ano-Novo! O resto fica por sua conta. Agora e sempre.

Peixes, cebolas e políticos

A história é bem popular. Até mesmo a escritora inglesa Virginia Woolf a relata no seu romance *Passeio ao Farol*. Alguns autores costumam chamá-la simplesmente de *A Solha*, o que parece um erro para nós brasileiros, que masculinizamos essa espécie de peixe, abundante na costa atlântica. Habituei-me com a forma feminina, de tanto lê-la nos livros clássicos, parecendo-me artificial dizer o solha, do mesmo modo que parece pedante quando escrevo o charque, ao invés de a charque, referindo-me à carne de jabá. Mas o texto não pretende discorrer sobre gramática, apenas contar histórias.

    Um pescador muito pobre atirou sua rede nas águas do mar. Ele, a mulher e os filhos passavam fome havia três dias, porque nada pescava. Desanimado, tentou a sorte uma última vez, encontrando no fundo da rede uma solha. O pobre peixe debatia-se em vão. Sabendo o destino que o esperava, suplicou ao homem que o atirasse de volta às águas. Em troca, daria o que ele pedisse. Habituado à pobreza, o homem pediu uma fazenda modesta, um curral de vacas, chiqueiros com porcos e galinhas, roupas domingueiras. Ao voltar para casa, mal acreditou na fortuna. Tudo estava ali, muito acima do que imaginara. Feliz, o pescador contou sua história à esposa, que ao invés de mostrar-se satisfeita, ficou amuada. Chamou-o de idiota, homem sem ambições, incapaz de enxergar mais longe.

Pouco tempo depois, ordenou que o marido voltasse ao mar, invocasse a solha e exigisse um baronato para ela. A história é longa e o final previsível. A ambição da mulher não tinha medida, a ansiedade por novos poderes subia num permanente crescendo. Depois do baronato ela desejou um condado, um ducado, um reinado, um império, um papado, e, por último, ser Deus. A cada retorno, o pescador encontrava o mar mais agitado. Na última viagem, ondas escuras e medonhas ameaçavam tragá-lo. Temeroso, comunicou à solha que a mulher desejava ser Deus. O peixe olhou-o sem a menor compaixão. Voltasse para casa, desta vez a mulher ficaria satisfeita. Já de longe, ele avistou a antiga choça imunda, os filhos maltrapilhos, a esposa descabelada. Tudo voltara a ser como antes.

Os leitores devem estar pensando que à falta de outro assunto eu resolvi encher as páginas do livro com histórias da carochinha. Se fosse apenas isso, já seria bastante. Os contos da tradição oral contêm os ensinamentos acumulados ao longo da trajetória do homem. Talvez eles precisem ser novamente recontados, lidos, tomados como exemplo para uma prática de vida mais justa e coerente. Não parece a vocês que a mulher do pescador é a representação perfeita dos nossos políticos, esses que só pensam em eleger-se e subir nos cargos? Mal se assumem deputados estaduais, já estão brigando para chegar a federais. Depois a governadores, senadores, ministros ou presidentes da República. Um frenético jogo de cadeiras, girando, sentando, girando, sentando, girando, sentando... Os discursos rapidamente esquecidos, a ética relegada, a honestidade proscrita da memória. Nós, eleitores, damos os votos que eles nos pedem, como a solha atendia aos pedidos sem limite da mulher ambiciosa. Alimentamos o egoísmo dessa gente, acreditando que um dia daremos um basta final.

Temo estar sendo cruel, na medida em que generalizo. O conto de tradição oral relata exemplos particulares, estendendo a sua função educativa à coletividade. Cada um bote na cabeça a carapuça que melhor lhe servir. Por uma ovelha não devemos condenar o redil. Mas, hoje em dia, as ovelhas são exceções e o rebanho, a regra. Quando Iavé resolveu destruir a cidade de Sodoma, segundo o relato bíblico, Abraão protestou: "Destruirás o justo com o pecador? Talvez haja cinquenta justos na cidade. Destruirás e não perdoarás a cidade pelos cinquenta justos que estão em seu seio?" Ao que Iavé respondeu: "Se eu encontrar em Sodoma cinquenta justos na cidade, perdoarei toda a cidade por causa deles." Como não foram encontrados, a cidade ardeu em chamas.

No Brasil teríamos mais sorte? Talvez devêssemos aplicar a justiça e a benevolência do conto da cebola. — Outra história?! — reclamarão vocês?! Sim, outra história da tradição, que bem faria se fosse lida na Câmara e no Senado, em Brasília.

Um pecador ardia no fogo do inferno e suplicava clemência ao Deus Todo-Poderoso. Seus clamores foram escutados lá em cima no céu, e um anjo enviado para ajudá-lo. — Em sua vida terrena, você praticou pelo menos um ato de caridade que possa aboná-lo? — perguntou o Anjo compadecido. A Alma danada procurou lá no fundo de sua vida egoísta e mesquinha um gesto, por mais insignificante, para salvá-lo das chamas. E lembrou que há muitos anos, quando vivia na opulência, atirara uma cebola podre para um mendigo. O Anjo, feliz em poder ajudar o desgraçado, falou que seria aquela mesma cebola que o salvaria. Estendeu até o céu uma folha de cebola e pediu que a Alma se pendurasse nela e subisse sem medo. Apavorado, aquele que um dia fora um homem agarrou-se com sofreguidão ao fiapo verde, e começou a subir. Bem adiante, olhou para baixo e reparou que outras almas condenadas também se penduravam na cebola, tentando escapar de um destino igual ao seu. Temendo que a folha se partisse com o excesso de peso, o danado chutava os que vinham abaixo dele, com a intenção de derrubá-los. Tantos movimentos ele fez que a cebola partiu-se, precipitando-o novamente nas profundezas do inferno.

    O escritor inglês Rudyard Kipling afirmava que ao escritor é dado inventar a fábula, mas não a sua moral. Não sou apreciador de fábulas moralistas. Mas confesso que gostaria de ver uma folha de cebola estendida de Brasília até o céu. E dar gargalhadas vendo as quedas monumentais.

Nunca me convidem a um casamento

Vi na televisão um casamento nos ares. Noivo, noiva e juiz pularam de paraquedas e a cerimônia foi celebrada em descida, com vestido e véu levados pelo vento. O casal será mais feliz porque se une de forma tão esdrúxula? Não sei. Talvez a façanha conste no livro *Guiness* de recordes e besteiras, e marido e mulher mostrem aos filhos as fotos da maior realização de suas vidas, se o casamento durar tanto.

Também soube que já casaram numa cápsula de escafandro, debaixo d'água. E que, no Recife, noivos entraram vestidos de passistas, dançando ao som de um frevo. Em outra cerimônia, as alianças chegaram numa cestinha, presa ao pescoço de uma cadela de estimação. Quanto gênio criativo!

O casamento, como tudo o mais nas sociedades midiáticas, virou pretexto para as pessoas se exibirem. É uma indústria complexa, em franca ascensão. A cada dia as empresas casamenteiras, os cerimoniais, inventam novas representações, formas de assaltar o bolso das famílias incautas, que se deixam roubar desde que os filhos casem com algum balangandã diferente, e o circo incorpore novos macacos e elefantes.

Há quem gaste tudo o que possui e até se endivide para impressionar os convidados com demonstrações de riqueza e opulência. Mas a cerimônia, que sempre significou um ritual de iniciação a uma nova vida e era celebrada com poucos familiares e amigos, tornou-se repetitiva, enfadonha, um massacre para os convidados suarentos em paletós quentes e vestidos alugados.

Que tédio! Primeiro, a sauna da igreja, a espera pela noiva, que sempre atrasa. Depois, a fastidiosa fala do padre, os conselhos matrimoniais de quem não sabe as delícias e agruras de uma vida a dois.

Tudo tão repetido: a entrada do noivo com a mãe, do sogro com a sogra, da noiva com o pai. A música mal executada, clássicos populares distribuídos em revistas, que os convidados só escutam em casamentos, pois são mais fissurados em axé e forró.

— Ah, eu quero aquela música que tocou no casamento de Ana Cecília!

— Qual?

— Aquela! Toca no celular de Tiago.

Chamam o irmão, e ele solta os toquezinhos eletrônicos, arremedos musicais. Finalmente encontram uma sonata de Chopin. Pobre Chopin! Por sorte, só o sacrificam na igreja. As bandas que animam as festas possuem um repertório brega, no máximo largam um *New York, New York*, obrigatório em todo baile. Um terror!

Depois da igreja, a viagem apressada ao bufê de recepção, para pegar uma mesa de pista, mais próxima do dancing e da saída dos garçons. Garantido o lugar na festa, entra-se numa fila interminável de cumprimento aos noivos e seus pais. Volta-se à mesa e começa a torturante convivência com pessoas desconhecidas, colocadas ao seu lado por falta de outro lugar.

A conversa é formal, geralmente sobre o sexo das nuvens ou a inteligência das baleias cinzentas do Polo Norte. O mais puro surrealismo.

Por sorte, está na hora de você entrar na fila da mesa de frios. Depois, noutra fila para o jantar, invariavelmente um fricassê de frango, com batatas palha e arroz. E mais tarde, a fila dos tentadores docinhos. Na mesa, os desconhecidos já conversam animadamente sobre restaurantes e comidas, elogiam a festa e falam o que irão almoçar no domingo. Você acha louvável o quanto aqueles senhores de barrigas rotundas e aquelas senhoras gorduchas que sonham com uma lipoaspiração abdominal se empanturram de comida e bebida. E quase todos forraram o estômago em casa, antes de sair para a festança, pois não resistiram ao rocambole de camarão da sogrinha.

Os padres, ocupados em salvar almas, pouco conhecem de música e deixam passar os repertórios mais extravagantes. Na missa, é possível ouvir uma adaptação da trilha sonora de Paul Simon e Garfunkel, para o filme *A Primeira Noite de um Homem*. Algum clérigo, que nunca assistiu à película, adaptou a música ao momento do Pai-Nosso. Desconhece que no filme ela ilustra uma tórrida cena de sexo. Ah, sábia Igreja! E imaginar que por muito menos a Inquisição queimava inocentes, acusados de sacrilégio.

Em nenhum detalhe da festa, por menor que seja, descobre-se o gosto da família ou dos noivos. Tudo obedece ao cerimonial, uma instituição tirânica. Mulheres em vestidos pretos deselegantes movimentam-se sobre saltos altos, falam através de walkie-talkie, dirigem a encenação. Arrumam o vestido da noiva, mandam que ela pare num determinado lugar, dão sinal à orquestra, retocam roupas e adereços.

Mais onipresentes do que essas parcas, só mesmo o batalhão de cinegrafistas e fotógrafos. Afinal, casa-se para quê? Para filmar e fotografar. E, depois, submeter amigos e parentes ao massacre de assistir ao mesmo carnaval que já presenciaram ao vivo.

O ingresso para os casamentos compra-se nas lojas onde os noivos deixam suas listas de presentes, quase sempre bugigangas inúteis. É uma forma de pagamento indecoroso. Em alguns casos, os filmes matrimoniais possuem carreira curta. Acabam ligeiro. E nem é o homem que separa o que Deus nunca uniu.

Meu livro de cabeceira

Pediram que eu falasse sobre meu livro de cabeceira, na Festa Literária Internacional de Paraty. Pensei nos muitos livros que li, naqueles que releio sempre, nos livros dos quais não posso me separar, como *As Folhas de Relva*, do poeta americano Walt Whitman; O *Mahabharata* indiano, na versão do americano William Buck; o *Tao Te King*, de Lao Tse; o *Elogio da Sombra*, do escritor argentino Jorge Luis Borges.

Mas o que é mesmo um livro de cabeceira? O que lemos antes de dormir? Neste caso, eu não possuo nenhum, pois não gosto de livros no quarto, nem tenho o hábito de ler à noite. Sempre vi os livros como entidades vivas, pulsantes, cheias de peripécias. Temo que os personagens saiam das páginas, movimentem-se fora das frases em que foram inventados e perturbem meu sono. Não quero livros nem na porta do meu quarto. Já bastam as impressões que os seus autores deixam em mim, nem sempre agradáveis. Por isso não leio à noite, não vejo filmes, e até evito o teatro. "A noite fez-se para dormir", diz um personagem do poeta espanhol García Lorca.

Qual seria esse livro de cabeceira, que sem frequentar meu quarto sempre esteve ao meu lado? Que livro se confunde comigo a ponto de eu misturar seus personagens com minha vida? Trata-se de uma velha *História Sagrada*, que nada mais é do que uma seleta de textos da *Bíblia* hebraica, apresentada em dois subtítulos: *Antigo Testamento* e *Novo Testamento*. Não sei se a memória confundiu-se, ou se os dois volumes eram mesmo ilustrados por Gustave Doré, o ilustrador da *Divina Comédia*, do *Dom Quixote*, dos *Contos* de Perrault, das *Aventuras do Barão de Munchausen* e das *Fábulas de La Fontaine*.

Minha mãe levou para o sertão onde nasci essas duas preciosidades, guardadas como joias num caixotezinho em que também se espremiam os livros de história, geografia, português e aritmética, seu resumido espólio de professora primária. Naquele mundo ermo, os livros eram verdadeiras relíquias, a ponto de serem inventariados em testamentos, como as terras, os bois e as casas. De noite — nesse tempo eu lia à noite —, meu pai consertava arreios e celas, minha mãe tecia varandas para as redes, e eu, deitado no chão de tijoleira, folheava o livro sagrado, à luz de uma lamparina. Ainda não emendava as letras em palavras, mas me seduzia pelas gravuras de traços finos, em que predominavam os tons do preto, acentuando o fantástico. Possuía vagas ideias do que significavam.

Instruído pela minha avó, soube da existência de um Cristo, o mesmo homem barbudo e de olhar sereno que ocupava a parede principal da nossa sala, com o coração coroado de espinhos. No livro, ele aparecia carregando uma cruz, açoitado, caído ao chão. Tamanha barbaridade contra o pobre inocente merecia castigo. Os algozes não podiam ficar impunes e eu estava ali para exercer a justiça, embora tardia. Orientado por meu pai, impaciente com o couro e a sovela, identificava os homens cruéis, vez por outra errando o culpado e castigando um inocente apóstolo.

— E esse? — perguntava.

— Esse é ruim, pode matar.

Impiedoso, eu molhava o dedo no cuspe da boca e esfregava a figura do soldado até que não restasse sombra do bandido. E assim, dizimei legiões inteiras, num precoce aprendizado de leitura. Antecipei em muito as pedagogias modernas, os métodos de aprendizado em que se valorizam o tato, o olfato e o paladar.

A *Bíblia* tornou-se meu livro de cabeceira, ou o mais visceral de todos os livros de que me aproximei. Alheio aos significados religiosos, aos cânones de judeus, católicos e protestantes, pude deliciar-me em sua vasta literatura, na poesia, na história, no mar de narrativas emendadas umas nas outras, como nas *Mil e Uma Noites*. Decifrando suas páginas, tive ciência da leitura e da escrita, que considero os mais elevados conhecimentos legados ao homem. Reconheci nas paragens bíblicas os mesmos desertos de sertões nordestinos. Nos pastores de bois, carneiros e cabras, meus familiares. Nas leis de hospitalidade e nos códigos de honra, as semelhanças sertanejas. Até as histórias se repetiam.

Um tio nosso, da primeira leva de povoadores do sertão cearense, padre e vaqueiro, juntou-se com uma índia jucá e gerou nela doze filhos. Imaginei-os homens, e suas casas como as doze tribos de Israel. Se foi ou não assim, não tem a menor importância, pois vivemos misturando realidade e fantasia. Preenchemos com literatura o buraco da falta, afirmaria um psicanalista, querendo dizer com isto que as certezas são fragmentárias, talvez nem existam, e que nossa história pessoal se escreve com fabulação e mentira. Ou de maneira bem mais simples, o poeta popular nordestino Pinto do Monteiro recitava: "Eu só comparo esta vida / à curva da letra 's' / tem uma ponta que sobe / tem outra ponta que desce / e a volta que dá no meio / nem todo mundo conhece."

A *Bíblia*, livro possível de ser lido de muitas maneiras, é um legado de histórias a que podemos recorrer sem crença religiosa ou com a fé de um crente. Inesgotável, possui as imagens dos sonhos, a épica, a tragédia, a poesia, a sabedoria, a invenção, a genealogia, a retórica e os números. Livro que contém todos os livros. Na infância, imaginava que fora escrito pelo povo sertanejo, pessoas como o meu pai ateu e meu tio procriador, que povoaram as terras cearenses de gado e de filhos, num novo Gênese.

Os cinco rapazes do hotel Pirâmide

Os cinco rapazes do hotel Pirâmide nunca se interessaram por literatura e nada sabiam do encontro de escritores na cidade de Natal, no Rio Grande do Norte. Também não pareciam encantados com a lua cheia, nem com o mar quebrando nos rochedos escuros da praia. Bebiam uísque e um energético chamado *red bull*; riam e falavam alto como se fossem donos do mundo.

A caminho da praia, passei ao lado da mesa barulhenta dos cinco rapazes hospedados no hotel Pirâmide, com a timidez alarmante de quem não encara a alegria dos embriagados, temendo despertar olhares. Minha camisa chamou atenção de um, tive de parar e responder onde comprei o modelo exclusivo e dar uns giros. Por sorte, livrei-me de revelar o preço.

Uma hora na praia enluarada, esquecendo as falas dos escritores famosos e o quanto são enfadonhas as literatices. No retorno, um novo encontro com os cinco rapazes do hotel Pirâmide, bebendo uísque e energético e falando todos ao mesmo tempo sobre quase nada. São uns pândegos, pensei, lembram Mercúcio, Benvólio e Baltasar, os amigos de Romeu. Mas eles não leram nada de literatura brasileira, muito menos *Romeu e Julieta* de Shakespeare.

    Não é minha triste figura de intelectual que atrai os olhares dos cinco rapazes, mas a camisa de grife que visto com displicência. Hospedados no mesmo hotel por onde circulam algumas figuras ilustres das letras nacionais, os rapazes ignoram quase tudo em volta deles e bebem uísque com *red bull*.

    — O senhor é escritor? — me perguntam.

    — ...sou...

    — Então sente aqui com a gente. Nunca conversei com um escritor — me convida o que é empresário de uma banda de forró.

    O que disfarça a nudez com uma toalha amarrada na cintura me diz que o avô escrevia e era o segundo maior folclorista depois de Câmara Cascudo. Lamenta ter lido apenas um livro dele. O mais jovem da turma fará provas para o vestibular de medicina, no dia seguinte, e relaxa se embriagando. Um outro desculpa-se por não ter seguido o conselho de estudar medicina e ficar rico; preferiu ciência da computação. Não sei o que desejava o quinto rapaz; lembro apenas que se queixou da agressão de um companheiro e que exibia um hematoma na face. Todos riam, bebiam e gritavam.

    "A minha vida pelas três mulheres do sabonete Araxá!" — ofereceu o poeta Manuel Bandeira. Não sei quanto daria pelos cinco rapazes de classe média do hotel Pirâmide, todos de dentaduras perfeitas, corpos bronzeados e depilados. Custou-me um esforço a convivência de poucos minutos com eles: o tempo de algumas fotos e de comparar aquele mundo aborrecido com o outro mundo de literatices de que fugi.

    Peço a Deus que proteja esses meninos brincalhões, que gozam da minha cara, enquanto tento compreender o sentido de suas vidas. Muito cedo perdi o riso fácil, o gosto de jogar tempo fora. Algo me escapa das motivações de alguns jovens. E rezo para que os cinco rapazes do hotel Pirâmide, que se divertiam com quase nada, nunca inventem de atear fogo em índios e mendigos, nem bater em empregadas domésticas indefesas. Que riam da cara assombrada dos intelectuais caretas. Disso podem rir à vontade, porque não faz mal a ninguém.

Procura-se um personagem

Quem entrava na casa de minha avó materna avistava na parede da sala de visitas uma imagem do Coração de Jesus, litogravura suíça, herança de família. Logo abaixo dessa imagem em tons verdes e pretos, lembrando um ícone russo, o retrato do meu avô, Pedro Zacarias de Brito, fotografado dentro do caixão em que o enterraram. Esses dois personagens reinavam absolutos na casa grande e antiga do sítio Boqueirão, no Crato. Era impossível não avistá-los uma centena de vezes por dia e mais impossível não se sentir olhado, vigiado e protegido por aqueles dois senhores.

    Minha avó Dália Nunes de Brito professava uma religiosidade popular, que parecia ter sido inventada por ela mesma. Nesse cristianismo sertanejo não aconteceram as sangrentas matanças dos cruzados, nem as fogueiras dos tribunais da Inquisição e nunca se mencionou a usura de Roma, acumulando tesouros ao longo da história. Minha avó tinha desapego aos bens materiais e fazia questão de não possuir quase nada, além das terras que meu avô deixara. Os únicos objetos intocáveis naquela casa de portas escancaradas eram as imagens dos santos, a mesinha de altar com sua toalha de renda de bilros, dois castiçais de vidro e uma jarrinha de porcelana.

Ela rezava um rosário às três da manhã, outro ao meio-dia e um terceiro ao anoitecer. Valia-se do Coração de Jesus e do marido morto, em todas as agonias. Uma vez por ano se festejava o Sagrado Coração, na data em que ele fora entronizado na parede de onde nunca deveria sair. A renovação, como se chamava a festa, acontecia no mês de julho, época de fartura. Os reisados cantavam:

"Quando eu entro nessa nobre sala
É pelo claro dessa luz
Louvor viemos dar
Ao Coração de Jesus."

As mulheres entoavam os benditos, os homens soltavam os fogos de caibro, serviam-se aluá de abacaxi, bolo de puba, pão de ló de goma, sequilhos e biscoitos. Tudo modesto e exíguo. Porém, não existia felicidade terrena maior do que aquela.

No Natal, o Sagrado Coração ficava um pouco esquecido e desprestigiado. Minha avó só cuidava do Jesus Cristinho, um meninozinho de madeira, rosado e risonho, vestido numa camisa de seda, esculpido lá longe em Portugal e recebido de presente da nossa tia-avó Nizinha. Diferia de todos os Meninos-Deus que conhecíamos, por ser igual a nós. Debaixo do vestidinho rendado, lá entre as coxas, tinha, como todos os meninos, um pinto e dois ovinhos. Minha tia Alzeni achava aquilo uma profanação e tentava por todos os meios esconder a sexualidade do Deus Menino. Pensou em mandar castrá-lo, livrando-se da nossa curiosidade. Todas as vezes que passávamos diante da lapinha, levantávamos a saia do menino e olhávamos seu sexo, comparando com o nosso. Era difícil imaginar que aquele camarada deitado na manjedoura de palha, em tudo semelhante a nós, crescera e se tornara o Senhor pregado logo acima na parede, vigiando-nos com os olhos bondosos, mas severos.

Minha avó confeccionava os enfeites da lapinha com lã de ciumeira e de barriguda. O pouco tempo livre de que ela dispunha, entre os trabalhos e as rezas, ocupava naquele artesanato minucioso, dando vida a carneiros, bois, burros e camelos. As figuras de José, Maria e dos Reis Magos, de louça modesta, eram as mesmas dos outros anos. Mais bonita que a lapinha da nossa avó, só mesmo a das irmãs gêmeas Alice e Alzira, famosas em todo o Crato. O ano tornava-se curto para elas construírem a cidade cenário que ocupava quase uma sala. Havia de tudo naquele universo miraculoso: uma Jerusalém reproduzida, montanhas, lagos com cisnes e peixes, exércitos de soldados romanos, vilas, currais, bichos domésticos e selvagens, florestas, campos, pastores e pastoras em profusão, anjos e santos, tudo distribuído nos três níveis: o superior divino; o intermediário e o terreal. Era impossível imaginar-se alguma coisa que não estivesse representada ali. Uma vez, eu juro, cheguei a avistar uma Marilyn Monroe de papel, seminua, pendurada no galho de uma árvore.

O cinema trouxe para o Crato o glamour hollywoodiano e a fantasia dos natais com neve e pinheiros. As lapinhas perderam o prestígio, como o catolicismo. O cineasta italiano Federico Fellini anunciou o fim da mitologia cristã, mas eu teimei em saudar o Jesus pagão da minha infância, em teatro e música, numa festa batizada com o nome de *Baile do Menino Deus*. Um dia, convidaram-me no Recife para conversar com uma turma de colégio de classe média. A escola decidira fazer um espetáculo de Natal e os meninos, em torno de vinte, escreveriam o texto.

Queriam minha ajuda. Um empurrãozinho. Aceitei e fui ao encontro. Eram crianças inteligentes, com certa automação dos jogos de computador e video games. Propus um começo. Anotaríamos a lista dos personagens do Natal, os mais importantes. Gritaram todos ao mesmo tempo. Pedi ordem. Surgiram os nomes, as figuras famosas das decorações natalinas dos shoppings: Papai Noel, o trenó, as renas, a árvore de Natal, a neve. Estranhei as respostas. Insisti. Lembraram os gnomos, os duendes, a oficina de brinquedos do Gepetto e os anõezinhos de Branca de Neve. Assustei-me. Não acreditava no que ouvia. Não é possível! Quem são os verdadeiros personagens da festa de Natal? Aqueles, sem os quais nada teria acontecido. Todos concentrados. Espera aí... Espera aí... E nada. Não vinha um nome. Apelei. Lembrassem pelo menos do principal, o mais importante, o que deu origem à noite de Natal. Por fim, um geniozinho gritou:

— Já sei! Já sei!

Que alívio!

E com ar vitorioso anunciou:

— O peru da Sadia.

O que faz Mickey no lugar de Jesus?

Vi a decoração de Natal de um shopping no Recife, considerado o maior centro de compras da América Latina. Achei brega e não compreendi nada. Devo estar ficando burro. O que Mickey, o ratinho chato de Walt Disney, tem a ver com o Natal? Será por que ele é um camundongo americano, lá nos Estados Unidos neva e as florestas possuem pinheiros? Não encontrei justificativa lógica. Concluí que Mickey, a namorada Minnie, o amigo Pateta e o cachorro Pluto estavam por todos os lados na decoração natalina do shopping apenas por serem produtos de uma cultura e de uma economia dominantes.

Os padres jesuítas, que chegaram à América para catequizar os índios, também ensinaram os pobres selvagens a pintar retratos da Virgem Maria, a tocar violino e a adorar um Deus que estava no céu, coisas que não tinham nada a ver com a cultura deles. Os padres representavam a Igreja Católica e os reinos espanhol e português. No Peru e na Bolívia, a pintura religiosa feita pelos índios copiava modelos da Europa. Com o tempo, eles acrescentaram às telas traços e cores locais: flores dos trópicos, animais e plantas amazônicas, santas com rostos iguais aos das mulheres incas.

Num cansativo e monótono passeio pela decoração do shopping do Recife não vi um único objeto que lembrasse a cultura brasileira. As casinhas copiavam os gibis de Disney, havia neve sintética, música de harpa eletrônica, guirlandas com bonecos de Mickey e Minnie ao centro, pinheiros, profusão de Patetas, e até os rapazes que atendiam as crianças se vestiam de cachorro Pluto. Senti pena imaginando que eles se submetiam ao vexame para ganhar vinte ou quinze reais por dia, mas todos me pareceram risonhos e felizes. A decoração dava sinais de uso. Com certeza já estivera em algum shopping de São Paulo ou do Rio de Janeiro.

A catequese dos padres jesuítas e dos pastores evangélicos cedeu lugar às campanhas das agências de publicidade. Ninguém mais corre atrás das promessas de uma vida melhor na eternidade; todos querem ser felizes, aqui e agora, comprando tudo o que for possível, mesmo que não possua nenhuma utilidade. Para atrair mais compradores, enchem as lojas de pinheiros, bolas, luzes, Papai Noel, trenós e renas fabricados na China, do outro lado do mundo, onde se ignora o que significam. A cada ano incorporam personagens mais estapafúrdios ao imaginário natalino. Símbolos do cristianismo? O que é isso?

Não se assustem. Há intenção em tudo o que se faz, da catequese religiosa à publicidade para o consumo. O culto à Virgem Maria surgiu no século IV, depois de um concílio em que se considerou o espaço que a Igreja perdia para o culto das deusas pagãs Diana e Ártemis. A presença do boi e do burro na cena do presépio não é mais do que a representação dos deuses egípcios Osíris e Seth, que tinham cabeças de touro e asno, respectivamente. Queria-se dizer com isso que em Cristo até os inimigos se reconciliam. A data da festa natalina foi escolhida por coincidir com o solstício do inverno e com rituais pagãos. Dessa maneira, se traziam mais fiéis para dentro da Igreja.

Decoraram o shopping do Recife com símbolos do capitalismo, mais atrativos do que os símbolos cristãos. Se a imagem do Menino Deus ajudasse a vender, abarrotariam corredores, lojas e praças com o Jesus Cristinho em sua manjedoura. Disney é um apelo mais forte do que Jesus, apesar do mau gosto e de estar fora de moda. Botam o Mickey no lugar que já foi de outro. Igualzinho a sempre. Quantas divindades se sucederam ao longo da história? Crenças que pareciam inabaláveis ruíram e hoje são apenas festa e lembrança. É possível que esteja acontecendo o mesmo com o personagem Jesus. Pensem nisso durante a ceia de Natal. E bom apetite.

Sobre heroísmo e astúcia

Sempre preferi Galileu Galilei a Giordano Bruno. A atitude de Galileu perante o Tribunal da Inquisição, abjurando as suas descobertas no campo da astronomia e da física, para garantir a vida e a possibilidade de continuar investigando o universo, me parece científica e moderna. Giordano, ao contrário, perseverou nas afirmações que contrariavam os dogmas católicos, sendo condenado à fogueira. Sua coragem é invejável. Mas os heróis morrem cedo, deixando apenas o exemplo de heroísmo.

Galileu parece um covarde quando, aos 70 anos, na perspectiva de passar o resto dos seus dias na cadeia, faz uma retratação pública e retira tudo o que afirmara: que a Terra girava em torno do Sol e de si mesma, que Júpiter era um centro astral, com satélites orbitando ao seu redor, que as estrelas eram mutáveis. Tudo o que contrariava o pensamento aristotélico, base do poder da Igreja. Ao negar-se, ele renuncia às glórias do seu tempo para ter um pouco mais de vida e continuar a sua obra. Seria esta a verdadeira coragem, um compromisso com o eterno? Graças a ele a ciência saiu da teoria para a experimentação. Giordano lembra o carvalho da fábula, que não se dobra diante da tempestade e termina partindo-se ao meio. Galileu é o bambuzinho flexível, que se curva até o chão. Passada a tempestade, ele se põe de pé, vivo e inteiro.

Se Galileu fosse brasileiro o seu gesto seria aclamado como astúcia. Enganar faz parte da nossa cultura. Dois autores criaram personagens frequentemente referidos como modelos da alma nacional. Ariano Suassuna recriou João Grilo, no seu Auto da Compadecida, a partir dos folhetos de cordel e de histórias da tradição oral. Mário de Andrade baseou-se nos mitos indígenas para nos dar Macunaíma. Os críticos insistem nas semelhanças dos dois personagens, mas Ariano faz questão de mostrar as diferenças. João Grilo representa o nordestino pobre, humilhado, com um certo grau de consciência social, usando os recursos da malícia e da inteligência para sobreviver e defender-se dos seus opressores, os patrões e Deus. Em qualquer situação ele usa o "jeito", modo tipicamente brasileiro de arranjar as coisas:

— *É difícil quer dizer sem jeito? Sem jeito! Sem jeito por quê? Vocês são uns pamonhas, qualquer coisinha estão arriando. Não vê que tiveram tudo na terra? Se tivessem tido que aguentar o rojão de João Grilo, passando fome e comendo macambira na seca, garanto que tinham mais coragem.*

Apesar das malandragens e estratagemas de que se vale para chegar aos fins desejados, João Grilo faz parte do "Brasil real" de que falava Machado de Assis. Já Macunaíma é assumidamente sem caráter, confesso preguiçoso: *Tudo que fora a existência dele apesar de tantos casos tanta brincadeira tanta ilusão tanto sofrimento tanto heroísmo, afinal não fora sinão um se deixar viver; e pra parar na cidade do Delmiro ou na ilha de Marajó que são desta Terra carecia de ter um sentido. E ele não tinha coragem pra uma organização.* Macunaíma contribui para mais um estereótipo de brasileiro, o de povo sem sentido e sem ordem.

João Grilo, se é possível comparar realidade com ficção, está mais para Galileu. Em ambos, o desejo de permanecer vivo é heroico, porque tem um fim e uma causa. João Grilo, com a intervenção da Compadecida, volta à vida *de tanta vontade que estava de enriquecer*. Galileu quer continuar vivo para reafirmar mais adiante tudo o que negara. Já Macunaíma, mesmo se transformando na constelação da Ursa Maior, *é o mesmo herói capenga que de tanto penar na terra sem saúde e com muita saúva, se aborreceu de tudo, foi-se embora e banza solitário no campo vasto do céu.*

Parecemos com o povo russo nessa mania de buscar a alma nacional. O caráter de uma nação se constrói a partir de heróis reais e imaginários, literários e mitológicos. E também no exemplo dos seus políticos. Mas nesse espelho temos tido pouca sorte. Melhor a literatura. Nela, se um herói não presta, viramos a página ou trocamos de livro. Na política é bem mais complicado.

Viajar é um terror

Durante quatro dias, quase morei no aeroporto de Guarulhos, em São Paulo. A greve dos controladores de voo, decretada na hora em que eu embarcava para os Estados Unidos, me obrigou a uma rotina de espera em filas intermináveis. As empresas aéreas tinham de encaixar os passageiros excedentes, nos aviões já lotados, e isso não era fácil. Pensei em desistir, mas estava preso a um contrato de trabalho na Universidade da Califórnia e precisei aguentar o tranco.

A maioria dos brasileiros viaja aos Estados Unidos para fazer compras. E a passeio, também. Um advogado na fila tentou convencer-me de que a economia na compra de quatro paletós compensava o transtorno e a humilhação. Gostei mais da família de classe média paulista, vinte e duas pessoas — avós, pais, filhos e netos —, todos na expectativa de passar uma semana em Las Vegas, jogando nos cassinos e vendo shows. Começaram a farra no aeroporto, bebendo e comendo. Parecia um piquenique em Guarujá. Um médico e o filho adolescente iam assistir a uma partida de basquete. O casal que não carregava bagagem provocou estranhamento no embarque. O homem falou sorridente que compraria tudo a que tinha direito, em Miami. Outro casal com dois filhos visitaria a Disneyworld. Não acreditei que esse lugar ainda atraísse gente.

Ninguém reclamava, nem fazia protestos. O único mal-humorado era eu. Todos pareciam felizes, em estado de graça, iguais aos católicos fiéis esperando ver o papa assomar numa janela do Vaticano. Se considerarmos as horas gastas para conseguir o visto, as grosserias que suportam no consulado americano, e horas e mais horas nas filas em Guarulhos, trata-se de uma gente que não liga mesmo para o tempo. Ou melhor, para nada. Têm convicção de que vale a pena transpor a fronteira para os Estados Unidos. Mesmo que na volta abarrotem a casa com entulhos eletrônicos, quase sempre inúteis.

Invejo a coragem e a impulsividade com que as pessoas se lançam em viagens internacionais, como se fossem à procura do Eldorado. Ninguém me referiu um ideário de viajante, nem um projeto de pesquisa ou estudo. Todos pareciam apenas atrás de diversão e de compras. É verdade que não conversei com os mil e duzentos passageiros da companhia aérea. Na fila, também existiam empresários, comerciantes, homens de negócios... outras versões de consumidores.

Tive a sensação de viver um capítulo de *Admirável Mundo Novo*, romance do inglês Aldous Huxley. Desculpem a citação, mas não lembro nada mais parecido. Trata-se de um livro que foi moda nos anos sessenta e setenta, porque criticava as sociedades de consumo e seu hedonismo, essa mania pelo prazer. Ao mesmo tempo em que se queixavam do estresse, as pessoas pareciam felizes e incansáveis, somente porque iam embarcar para Nova York, ou Los Angeles, ou Dallas, ou Miami, ou São Francisco. Todas tão pneumáticas.

Vocês sabem o que significa pneumática? É um termo inventado por Huxley para descrever pessoas alegres e cheias de ar. Talvez ele escrevesse que as pessoas enfileiradas no aeroporto de Guarulhos, esperando embarcar para os Estados Unidos, na noite e nos dias posteriores à greve dos controladores de voo, eram todas pneumáticas. Ou cheias de *pneuma*, o sopro animador que nos empurra para compras de paletós e jogos de roleta nos cassinos de Las Vegas. E quem sabe, até... Nem me arrisco a dizer.

Sozinho eu vou

Meu encontro com o carnaval do Recife foi um susto. Dizem que o escritor uruguaio Eduardo Galeano, quando avistou o mar pela primeira vez, segurou a mão do pai e pediu: me ajude a ver! Eu não tinha ninguém por perto que me socorresse. Vi sozinho o caboclo de lança se aproximando de mim, os chocalhos badalando, a gola de vidrilhos brilhando na tarde da rua Manoel Borba, a lança de fitas agitadas ao vento. Minhas pernas tremeram, sentei na calçada. Busquei na memória uma lembrança parecida, mas não encontrei nada. Então inventei que a aparição misteriosa era um guerreiro, descendo os Andes. Nunca mais olhei um maracatu rural de Pernambuco sem lembrar o Império Inca.

Eu escutava no rádio Philips de nossa casa, no Crato, a marcha de bloco *Evocação Número 1*, do compositor Nelson Ferreira, com os nomes estranhos de Felinto, Pedro Salgado, Guilherme e Fenelon. Uma vizinha de rua, nascida e criada no bairro de Água Fria, no Recife, marcava o passo de um jeito que nenhum cratense conseguia imitar. Marcar o passo é dançar o frevo. Está no sangue dela, falavam os mais velhos. Não estava no meu sangue dançar frevo, apenas comover-me com a música alegre e triste que as rádios tocavam.

Quando encontrei o carnaval do Recife, muitos anos depois, também o amei como se eu fosse de fato um bom pernambucano. Gostei dele em nuanças, instantâneos, retratos em preto e branco. Prefiro o carnaval minimalista, revelado e oculto como os sonhos, semelhante à música dos frevos que meu pai tentava sintonizar no rádio. As orquestras subiam e desciam nas notas sonoras, deixando o sentimento de que tudo era mais longe e inacessível do que se podia imaginar.

Sou um folião que espreita, vê e recorda. No Recife, na velha rua Nova, passa um bloco cantando. A mulher sai da loja com a filha pequena, abre um sorriso de alegria e o corpo responde aos chamados. Ela não se contém e dança, sem censura ou pudor. Não resiste, sai arrastada, puxando a filha pela mão. Mais adiante para, arruma o cabelo, recompõe a roupa, imagino que se desculpa. Depois apanha um ônibus para algum subúrbio distante.

E os dois trompetistas que fugiram da orquestra de frevo e olham a passagem do maracatu? São tipos viris, de peitos largos, com muito fôlego. O batuque mais parece o de um terreiro de umbanda. Os dois músicos, sem largarem os instrumentos de metal, fingem que incorporaram orixás. Dançam, rebolam, se agitam em tremores de atuados. Por que não recebem Xangô ou Ogum, divindades masculinas? Não sei, preferem imitar os gestos de uma Iansã ou Oxum. O batuque se afasta e eles voltam à formação da orquestra, esquecidos das mulheres que há bem pouco representavam. Só eu permaneço embriagado, querendo compreender o que assisti. Chego perto, faço perguntas, tento estabelecer um vínculo. Eles me ignoram, pois não sabem o que vi. A magia se desfez e nunca mais será repetida.

Os caboclinhos relaxam depois de uma apresentação. Aguardam o ônibus que irá levá-los de volta à cidade de Goiana, longe do Recife.

Os cocares encostados numa parede, as preacas recolhidas e amarradas, saiotes e pulseiras pelos cantos. O gaiteiro, não tendo nada o que fazer, puxa um baião. O tocador de caixa e o de maracá o acompanham. Dois rapazes largam as namoradas e se atracam. Dançam agarrados, acariciando os corpos com sensualidade. As pessoas riem, empurram os trelosos. Ligeira como começou, a brincadeira se desfaz. Dura o tempo de uma fotografia amorosa.

Olhado nas ruas e becos, recantos de praças e avenidas, o carnaval revela o Recife e sua gente. Aprecio os enquadramentos fechados, os pequenos planos, as melodias perdidas, os cheiros que entram pelo nariz sem pedir licença, o suor do passista que nos salpica. Gosto do carnaval que nasce espontâneo, por pura vontade de brincar, e do folião que se fantasia, invertendo a ordem do mundo. O carnaval aglomera, vira onda e furacão, mas também é solitário, vontade de um único brincante.

Inventaram números para medir o novo carnaval: dois milhões em Salvador, um milhão e meio no Recife, tantos milhões não sei onde. Interessa aos patrocinadores do carnaval, públicos ou privados, que as pessoas se aglutinem numa euforia compulsiva da qual não possam fugir. É uma lei. Agora, poucos brincantes sentem coragem de ser apenas um, fora desses milhões. Os rebelados andam sozinhos pelas ruas. Solitários, não cantam nem dançam o que a mídia ordena.

Gosto de surpreendê-los assim por acaso. Apenas eles me revelam o carnaval que sempre amei.

Onde botar os livros?

Ainda lerei *Os Buddenbrooks,* do escritor alemão Thomas Mann? Provavelmente não. Já atravessei as centenas de páginas de *A Montanha Mágica*, romance considerado por Ítalo Calvino a introdução mais completa à cultura do século XX. De quebra, li as novelas *Morte em Veneza, O Eleito* e *Tonio Kröger*. Chega de Mann. Nem pelo *Doutor Fausto* ou *José e Seus Irmãos* eu me aventurarei mais.

E por que teimo em guardar os livros se tenho certeza que nunca os lerei? Por cupidez ou esquecimento. Mais provavelmente porque os deixei na oitava prateleira de minha estante monumental, onde quase nunca os alcanço. Amamos até mesmo os livros que nunca lemos, pois eles fazem parte de nossa história. O desmonte de uma biblioteca nos obriga a repensar o significado dos livros, a avaliar se continuamos ou não com eles, a desfazer um contrato amoroso que dura trinta ou quarenta anos.

O mais difícil em mudar de casa é a troca de hábitos. As casas são geralmente amplas e possuem cômodos largos. Deixamos a biblioteca proliferar em estantes de até quatro metros de altura. Alimentamos a ilusão de uma eterna juventude, de continuar capazes de subir em escadas e alcançar um livro inacessível, comprado talvez na juventude, que andava esquecido e coberto de poeira.

— Ah! Desse aqui eu não posso me desfazer: *Vento Forte*, de Miguel Angel Asturias. Comprei num sebo de calçada, ao lado do Cinema Trianon. O cinema nem existe mais. Também caiu de moda ler escritores latino-americanos. Era uma febre nos anos setenta e oitenta. A meninada não se liga mais no papo de América Latina. Usa camisa com retrato do Che, nem sei por quê. Os intelectuais de esquerda nos tempos da repressão liam Onetti, Arguedas, Rulfo, Galeano, Vallejo e escutavam a música dos irmãos Parra. Torciam o nariz para Cortázar e queimavam os livros de Borges, dizendo que ele se vendeu a Pinochet. No final de contas, o grande sobrevivente da literatura sul-americana foi mesmo Jorge Luis Borges.

É bem difícil dar um novo destino aos livros que amamos e que nos custaram caro. Organizei uma biblioteca de cerca de cinquenta volumes e dei de presente a um sobrinho. Como gostaria de possuir aqueles livros aos 15 anos! Lembrei uma observação do antropólogo francês Claude Lévi-Strauss sobre os índios nambikwara brasileiros, no livro *Tristes Trópicos*. Quando davam roupas aos índios nus, eles as colocavam sobre o corpo durante algumas horas e depois largavam os molambos pelos chãos da tribo. Não passavam de trapos desnecessários às suas vidas.

Para muita gente os livros são trapos desnecessários. Ficaria magoado se eles nada significassem para os meus sobrinhos. Nas festas de aniversário, sempre os presenteei com livros e recebi agradecimentos constrangidos. Nem todas as pessoas são como José Mindlin, mas não custa nada demonstrar um pouco de interesse por leitura.

Doar livros é bem difícil. As bibliotecas públicas não têm espaço, nem funcionários que os classifiquem e cuidem deles. Em muitas bibliotecas os livros ficam amontoados e terminam se estragando. Morro de medo de que os volumes de Pedro Nava que doei sejam devorados por cupins e traças. O primeiro da coleção se chama *Baú de Ossos*.

Os livros são o meu baú de ossos. Gosto de carregá-los como Rebeca. Lembram a personagem de Gabriel García Márquez, em *Cem Anos de Solidão*? Para onde ia, ela arrastava um saco com os ossos dos antepassados. Carrego meus livros comigo, para onde vou. De vez em quando deixo alguns pelo caminho. Essa frase é de péssimo gosto. Do mesmo mau gosto da classe média que não pensa em cômodos para bibliotecas quando constrói apartamentos.

O ano de 1964 pelas lentes de Fellini

Eu tinha 12 anos em 31 de março de 1964. As lembranças que marcaram uma geração de brasileiros não possuem o romantismo de Casimiro de Abreu. São imagens fragmentadas como as do filme *Amarcord*, do cineasta Federico Fellini. Tanto na cidadezinha italiana de Rimini, como no Crato, dois meninos assistiram ao espetáculo do fascismo, sem compreender o que se passava. Em Rimini, os sinos da igreja tocavam pela chegada da primavera e pela visita de Mussolini. Na minha cidade, mandaram tocar os sinos em louvor ao golpe militar, que bania o perigo do comunismo ateu. E na visita do marechal Castelo Branco, a Igreja e a Prefeitura do Crato ofereceram um banquete das arábias ao ilustre cearense ditador.

No dia 13 de março, meu pai ouvira o comício da Central do Brasil, num velho rádio Philips que antes funcionava a bateria. Lembro os discursos de Arraes, Brizola e João Goulart, pois o rádio ficava junto de minha rede, e eu não conseguia dormir com o barulho. Achei a voz de Brizola parecida com a dos profetas de Juazeiro do Padrinho Cícero. Os personagens da cena política brasileira não significavam quase nada para mim, mais ocupado com os banhos nas nascentes do Cariri, o cinema e as revistas em quadrinhos. Minha mãe sempre temerosa de tudo acendia velas para Nossa Senhora Aparecida, uma santa de porcelana que ganhei de uma tia, quando fiz a primeira comunhão.

Meu pai, um udenista fervoroso, votara em Jânio Quadros para presidente e durante a campanha política usava uma vassourinha dourada, presa ao bolso da camisa. Tomou um porre no dia em que saiu o resultado da eleição. Foi a primeira vez que eu o vi embriagado. Minha mãe, como todas as esposas da época, votava em quem o marido indicasse e preocupava-se apenas com a administração da casa, de sete filhos, um irmão solteiro, dois sobrinhos e três empregadas, todos sustentados por meu pai. Política não era assunto de mulheres.

Prenderam nosso vizinho Dedé Alencar. Ele pôs na vitrola um disco da campanha de Miguel Arraes para governador de Pernambuco, e deixou que tocasse o dia inteiro. Falaram que era comunista, mas nunca foi. Vivia ocupado com o comércio de farinha de mandioca, num armazém perto da estação do trem. Soltaram Dedé no começo da noite. A mesma sorte não teve um bancário de nossa rua. Levaram o rapaz de manhãzinha, quando passávamos pro colégio, e nunca mais tivemos notícia dele. A esposa nervosa e chorando perguntava aos curiosos se nunca tinham visto um homem sendo preso.

Havia muito alvoroço em torno da casa de D. Benigna, mãe de Miguel Arraes, uma casa sertaneja de portas sempre abertas, onde todos eram bem recebidos, proseavam e enchiam a barriga. As irmãs do governador de Pernambuco cantavam no coro da igreja de São Vicente, onde eu assistia à missa. Dona Anilda, a mais velha, foi minha professora de francês e um dia me passou uma reprimenda porque falei que o hino do Brasil era mais bonito que a Marselhesa.

Pairava sobre as pessoas interessantes do Crato a desconfiança de serem comunistas. Ninguém falava com elas, para não ficar suspeito.

Igualzinho ao tempo da epidemia de peste bubônica na cidade. Prendiam os suspeitos de doença, levavam para um hospital improvisado e de lá eles nunca retornavam. Os comunistas também desapareciam sem deixar rastro, igualzinho aos empestados. Nem sei que fim levaram os jogadores de gamão e seus copos de conhaque. E o revendedor de cigarros, o dono da sapataria com um palito entre os dentes, duas professoras gaúchas e um padre que ensinava história.

Nós meninos, para quem as notícias tardavam nos jornais do cinema, compreendíamos vagamente a "Revolução". Havia as novelas de rádio, doutrinárias contra o comunismo. Havia a "Aliança para o Progresso", cujo símbolo era duas mãos apertadas, uma brasileira e uma americana. Mandavam esmolas de roupas velhas, quase sempre grandes demais e de alimentos que o bispo diocesano distribuía. Sonhava-se com a visita ao Brasil de John Kennedy e sua esposa Jacqueline e o tricampeonato no futebol.

Somente em 1968, enxerguei de mais perto o lado truculento de 64. As lentes da câmera se modificaram e fotografei estudantes sendo presos e jogados dentro de camburões, em Fortaleza. Em 1970, quando estudava medicina no Recife, nosso professor de anatomia nos ameaçava com o Quarto Exército, em plena sala de aula. Respaldado no terror e na ditadura, procurava nos manter submissos. Mas essas já são outras lembranças, bem pouco fellinianas.

Ignorância ou preconceito?

Um escritor do Recife teve seus originais devolvidos por uma editora de São Paulo. Alegaram não haver interesse na impressão do livro por causa do conteúdo fortemente regional. Lembrei imediatamente de Guimarães Rosa, apontado como mais um regionalista, na época em que publicou *Sagarana*. Saudades de quem inventou um idioma para falar do sertão e do Brasil. E saudades de Graciliano Ramos, José Lins do Rego, Gilberto Freyre, escritores chamados de regionalistas, que não estavam nem aí para o rótulo, e cuidavam apenas em fazer a boa literatura brasileira. Vocês conhecem safra melhor? Se acrescentarem à lista os que vieram logo em seguida como João Cabral e Osman Lins, é um estouro.

Passado o Movimento Regionalista, aquele do romance de 1930, inventado por Gilberto Freyre para contrapor-se à onda modernista de 1922, o termo regionalista ganhou significado pejorativo, referindo-se a tudo o que se produzia fora do eixo formado por Rio de Janeiro e São Paulo e, portanto, de qualidade suspeita. Escritor regionalista deixou de ser aquele que fez parte do movimento do Recife e virou a caricatura de quem escreve trôpego e conta causos.

No dicionário Houaiss, o verbete regionalismo pode ser lido como "caráter de qualquer obra (música, literatura, teatro etc.) que se baseia em ou reflete ou expressa costumes ou tradições regionais". Para não ser considerado um regionalista o escritor pernambucano precisaria ter escrito um texto sem nenhum caráter, algo tão sem identidade quanto um hambúrguer do *McDonalds*, que tanto faz ser comido na China, na Rússia ou nos Estados Unidos porque o sabor é sempre o mesmo.

Se a recusa a tudo o que cheira a regional fosse levada a sério pelo público, não existiriam o blues, o jazz, o gospel, o tango, a rumba, o samba, o baião, o chorinho, o axé... Felizmente, existe um critério de seleção mais abrangente do que o gosto de alguns editores e donos de gravadoras. Muita coisa que hoje soa universalista surgiu no fundo de um quintal, numa impressorazinha de esquina, numa sala pequena de uma casa de subúrbio ou dentro de uma igreja, sem maiores pretensões de ir além da rua ou do bairro.

Essa moda de criar para um mercado global é recente. Os espanhóis escreviam romances de cavalaria porque os cavaleiros andantes faziam parte da vida espanhola. Já imaginaram Cervantes escrevendo a *Divina Comédia* ou o *Decamerão*? Impossível. A cultura e a realidade da Itália eram bem diferentes da que se vivia na Espanha. Nenhum escritor era pago por uma grande editora para viajar ao Afeganistão e produzir um romance sobre mulheres oprimidas pelos maridos e vestidas em burcas ou sobre terroristas talibãs. O usual era um mergulho dentro do próprio universo em que o escritor existia, como fez Machado de Assis, talvez o mais regionalista dos nossos escritores se considerarmos que ele viu o mundo na perspectiva do Rio de Janeiro.

Eu aceitaria a recusa ao livro do pernambucano, se a editora alegasse que o rapaz não escreve bem. Esse é o único motivo justo para se recusar um escrito. Dizer que não presta porque soa regional é um preconceito tão escandaloso quanto proibir que negros subam pelo elevador social.

Trote nunca mais

Eu tive taquicardia e as tripas reviraram quando vi na televisão as novas cenas de violência nos trotes universitários. Lembrei as humilhações que sofri no meu ingresso à Faculdade de Medicina da Universidade Federal de Pernambuco. Sempre evito escrever sobre o assunto porque não contenho a raiva. Pedro Almodóvar relutou em filmar *Má Educação*, pois ainda não se distanciara bastante dos sofrimentos da infância e adolescência. No filme *Os Sete Samurais*, do japonês Akira Kurosawa, um mestre observa dois samurais que se preparam para lutar e revela ao discípulo qual deles irá morrer. O jovem pergunta como ele sabe isso e o mestre responde que o futuro morto tem a expressão da raiva.

É possível atenuar o rancor, escrevendo sobre ele. No Recife já não existem trotes, apenas calouradas, festejos para acolher os novos alunos. Mas foi no Recife que aconteceu o primeiro caso de morte em consequência de um trote, quando mataram a facadas o estudante de direito Francisco Cunha e Menezes, no ano de 1831. Vindo desde a Idade Média, o costume ganhou prestígio em Portugal, sobretudo na

Universidade de Coimbra, e de lá, como tudo o mais que não presta, veio ao Brasil.

Nos primeiros anos da ditadura militar, o trote era um recurso de expressão e protesto dos jovens estudantes, uma forma de fazer política. Em 1968, o Ato Institucional Número 5 — AI-5 — fechou o Congresso Nacional e os trotes foram reprimidos, descambando para a violência. Foi nesse clima de terror que me apresentei para a matrícula no curso de medicina. Eu era um estudante vindo do interior do Ceará, que frequentara apenas quatro meses de cursinho, pobre, tímido e feio. Com todos esses predicados desfavoráveis eu abocanhara uma boa classificação no vestibular das duas faculdades públicas.

Um dos primeiros maus-tratos a que os alunos do segundo e terceiro ano me submeteram foi raspar minha cabeça, expondo o crânio nada bonito. Depois me obrigaram a despir a camisa e baixar a calça para jogarem os meus cabelos cortados dentro dela. Subjugado como um judeu num campo de concentração, ou como o próprio Cristo, me empurraram, espancaram e fizeram de minha perplexidade e timidez motivo de riso e vaias. O pior estava por vir. Obrigaram-me a rolar pelos gramados do pátio e em seguida mergulhar cinco vezes num esgoto a céu aberto, que corria por dentro da faculdade. Meus algozes eram estudantes de medicina e sabiam dos riscos a que estavam me submetendo.

No primeiro ano de curso, os colegas dos anos superiores me aterrorizavam mais do que a polícia da repressão. Eu não compreendia como jovens de classe média que frequentaram bons colégios e que agora estudavam medicina, uma profissão de elite, se entregavam a tais vandalismos. Não achava a menor graça no comportamento cafajeste e infantil de boa parte deles e atribuía à repressão da ditadura o fato de se manterem alienados da política, da cultura e dos valores éticos e filosóficos da profissão para a qual se preparavam.

Passados tantos anos, esquecidos os fantasmas do Quarto Exército, em alguns lugares do Brasil a instituição do trote continua fazendo suas vítimas. Bem recentemente, numa faculdade de medicina, onde se formam pessoas para cuidar da saúde e restituir a vida, um jovem calouro foi morto. E uma estudante de pedagogia queimou sem escrúpulo suas futuras colegas de educação.

Não era por culpa da ditadura militar que os piores instintos afloravam nos jovens promovedores dos trotes. Não era. A prova é que continuam aflorando em tempos de democracia. O trote "se sustenta na ameaça e promove o terror", como afirma Paulo Denisar Fraga. O mesmo exercício da ditadura no passado recente.

Natal, pão de ló e Coca-Cola

Eu tinha 5 anos quando escutei pela primeira vez a palavra Natal. Meus pais haviam se mudado para a cidade do Crato, onde os filhos poderiam estudar. Antes, morávamos no sertão dos Inhamuns — uma das três regiões por onde começou a colonização do Ceará —, numa fazenda de plantio de algodão e criação de gado. Lá, ninguém falava noite de Natal; dizíamos Noite de Festas, o que me parece bem diferente.

Toda comemoração natalina consistia numa mesa de bolos de mandioca, pães de ló de goma, sequilhos e roupa nova. Morávamos distante da cidade e não assistíamos à Missa do Galo. Eu imaginava um galo de plumagem exuberante empoleirado no altar, celebrando a missa para pessoas maravilhadas.

Na Noite de Festas os afilhados visitavam os padrinhos, pediam a bênção e recebiam presentes, quase sempre dinheiro, ou uma caixa de sabonete enrolada em papel de seda. Em novembro, passavam os mascates com as malas de quinquilharias, caixas mágicas cheias de belezas coloridas, interditadas aos meninos. Eu olhava de longe espelhos, fitas, bicos, rendas, batons, ruges, travessas de cabelo, diademas, pulseiras, anéis, perfumes em vidrinhos minúsculos, cortes de tecidos finos, agulhas, linhas e bordados. As mulheres gastavam o dinheiro poupado em um ano nos adornos que realçavam suas belezas agrestes. Dois meses de trabalheira fabricando queijo se transformavam num anelzinho de ouro, com pedra falsa de rubi, fabricado por um ourives de Juazeiro do Norte. Na Festa, mesmo que não saíssem de casa, ostentavam um mimo dourado, pendente das orelhas ou brilhando no dedo anular. E os maridos, austeros como os lajedos, deleitavam-se com o aroma adocicado de um perfume francês, no corpo das amadas que normalmente tinham cheiro de campo.

O Crato era bem diferente do sertão. Tinha o cinema, as modas cariocas trazidas pela revista *O Cruzeiro* e pelos jornais da Atlântida, que passavam nos cinemas com atraso de meses. Falava-se de Papai Noel e árvores de Natal. As pessoas recobriam galhos secos com capuchos de algodão simulando neve, no mês de dezembro, o mais quente do ano, quando morríamos de calor ou devorados pelas muriçocas. Nas casas com réplicas de pinheiro penduravam bolas de aljofre, anjinhos, estrelas, bengalas e bonecos de neve. No galho mais alto botavam um enfeite pontiagudo, recoberto de areia prateada. Os donos da preciosidade estufavam o peito, orgulhosos. Uma única casa possuía instalação elétrica com vinte e quatro lampadinhas, que acendiam e apagavam. Os meninos pediam licença para admirar a maravilha, boquiabertos de encantamento. Tentávamos desvendar o comando misterioso, infalível, piscando, acendendo, apagando, acendendo, apagando... Até cansarmos os olhos, vencidos pela tecnologia importada de uma cidade distante.

Tamanho luxo somente para as famílias muito ricas, de hábitos urbanos, gente que até possuía carro importado dos Estados Unidos e radiola com som estéreo de alta fidelidade, em que escutavam discos de Glenn Miller e Nat King Cole. Através do cinema, a cultura americana entrava de cheio em nossas vidas. Surgiam os primeiros arremedos de uma juventude transviada, os filhos dos novos ricos de um mundo em transformação. Pelos aviões também chegavam os chicletes, os óculos escuros, as motos, os cadilaques e a Coca-Cola, tomada quente porque quase não existia geladeira na cidade, causando arrotos complicados, impossíveis de disfarçar.

Elvis Presley, James Dean e Marilyn Monroe proliferavam nas praças, aposentando o estilo rapaz e moça de boa família. As meninas já não sonhavam casar com um bancário de gravata e caneta dourada no bolso, nem com um proprietário de terra, um rapaz tímido e de boa família. O campo se esvaziava de seus antigos moradores, de sua moral arcaica e rígida. Todos preferiam as cidades e as novas ideias arejadas.

Vindo de um mundo quase medieval, que se mantivera fechado e sem mudanças por trezentos anos, seduzi-me pela cultura teatral dos pobres, representada nos bairros da cidade. A lavadeira de nossa casa, filha de um cabo da polícia, levou-me para ver as cenas que marcaram minha vida: um enforcado no porão de uma cadeia e a representação da Lapinha, com Jesus, José, Maria, pastores, pastoras, anjos, beija-flor e borboleta. Desejei iniciar-me naquele espetáculo humilde, mas novamente foi-me interditado por não ser brinquedo de homens. Para amenizar as frustrações, ganhei de presente dois pares de asas de borboleta e de anjo, que nunca usei. Sem utilidade, acabaram cobertas de poeira num quarto de despejos.

Trocamos o desterro sertanejo pelas luzes de uma cidade provinciana. Chegamos ao rebuliço do Natal, ingressando nos ritos da Igreja Católica e nas lojas de comércio, bem maiores do que as malas dos caixeiros viajantes. Instruíram-me sobre Papai Noel, um velhinho bondoso que presenteava as crianças na Noite de Festas. Meu pai e minha mãe, ansiosos em se igualarem aos vizinhos, compraram os nossos presentes e os esconderam. Onde botá-los, na noite de Natal? Não existia lareira na casa, nem pinheiro, nem chaminé. Dormíamos em redes, costume herdado dos antepassados índios, que os avós portugueses massacraram. Como podíamos arremedar as tradições europeias, se nem possuíamos cama? Meu pai, homem prático e decidido, achou que os presentes deveriam ir mesmo para debaixo das redes. E foram colocados ali, depois que adormecemos. Fiel aos costumes dos ancestrais inhamuns, que tinham por hábito mijar na rede até os 18 anos, estraguei a sanfona de papelão que custara tão caro, e um futuro musical promissor.

Nem tanto a Jesus, nem tanto a Judas

Da segunda-feira da Semana Santa até o domingo, os caretas apareciam nos sítios e ruas das cidades pequenas do interior do Nordeste. Homens vestidos em roupas de mulheres, geralmente roubadas das esposas, mães, irmãs ou primas. As idades se disfarçavam atrás das máscaras de papelão ou couro de bode, o que tornava o cortejo masculino de brincantes ainda mais parecido com os grupos de foliões dionisíacos da Grécia antiga.

De porta em porta, de sítio em sítio, pedindo ou roubando, os caretas armavam em algum terreno a quinta do Judas. Chamavam de Pai Velho ou Pai Véi um boneco de cabeça de estopim representando o Judas. A quinta era um cercado com pés de milho, bananeiras, palhas de coco, galhos de árvores, tudo o que verdejava nos meses invernosos de março ou abril. No meio do cercado, prendiam a um tronco o boneco exageradamente feio e colorido, celebrado e condenado a explodir no Sábado de Aleluia ou Domingo de Páscoa.

Além das roupas femininas e máscaras que escondiam a identidade dos filhos de Judas, os caretas usavam relhos para açoitar os afoitos que tentavam roubar a quinta de Pai Velho. Algumas quintas pareciam cavernas de Ali Babá, com verdadeiros tesouros: novilhas de cabras, galinhas, perus, melancias, cachos de bananas, tudo disponível a quem se atrevesse a surrupiar uma prenda e fugir com ela até transpor os limites do sítio de Pai Velho. Quando os caretas alcançavam os atrevidos ladrões, cobriam os espinhaços deles de açoites, sem a menor compaixão.

No sábado ou domingo, montavam Pai Velho num jumento e desfilavam com ele, acompanhados por banda de música ou cabaçal. Bebiam cachaça, pediam dinheiro às pessoas e choravam a perda do Pai. Alguns brincantes largavam as máscaras, pintavam-se como mulheres, punham barrigas de grávidas e se diziam esposas de Judas, a mesma figura que até bem pouco chamavam de Pai. Quando a cabeça do boneco explodia, seu corpo era atacado pela turba.

É fácil imaginar de onde vieram essas brincadeiras pagãs, com raízes nos cortejos dionisíacos e báquicos, da Grécia e de Roma, e na queima das bruxas da tradição céltica, celebrando a chegada da primavera. De forma teatralizada, incorporando novas mitologias, elas nos foram transmitidas nos ritos da Semana Santa cristã, através da Península Ibérica. Aqui no Brasil, ganharam nuances da cultura negra e indígena.

Felizmente, nas brincadeiras populares o profano sempre teve espaço ao lado do sagrado. O Judas traidor e amaldiçoado é também pai e esposo, legando ao mundo uma prole de bastardos. Os seus filhos e esposas, ao mesmo tempo em que choram sua perda, o estraçalham e simbolicamente o devoram como num banquete canibal.

Não apenas o Cristo, o Cordeiro de Deus que tira os pecados do mundo, é oferecido como alimento simbólico na forma de pão e vinho no Domingo da Ressurreição. Também o Judas, seu antípoda e traidor, é igualmente devorado e incorporado. Pelo menos enquanto durar a mitologia cristã.

Entrevista com o lobisomem

No tempo em que eu andava de gravador a tiracolo, entrevistando quem passava na minha frente, bati certa noite na casa de um brincante popular. O homem tocava e fabricava todos os instrumentos de uma banda cabaçal, formada por dois pífaros, uma zabumba e uma caixa. Chamam cabaçal porque o tambor maior também pode ser feito com uma cabaça.

    O homem só não fabricava os pratos de estanho, que eu mesmo comprei no Recife e levei de presente para ele, e que completava a bandinha. Apesar de tratar-se de um músico, naquela noite — era noite — iríamos conversar sobre lobisomens. Vocês acreditam que duas pessoas conversem seriamente, por horas a fio, sobre lobisomens? Pois nós conversamos, não apenas naquela noite, mas também em muitas outras. Há algum tempo eu me dedicava a estudar a lubisomidade. Isso mesmo, a psicologia das pessoas que se transformam nesse ser notívago e sofredor, cumprindo um terrível fadário. Desculpem o notívago e o fadário, mas na época eu escrevia assim, meio parnasiano.

Francisco Aniceto, o homem, tinha mais de 60 anos, discorria sobre várias ciências, embora lesse e escrevesse as palavras com certa dificuldade. Era um homem tão sábio, que todos o chamavam de Mestre. Foi conversando com ele que compreendi pela primeira vez que a sabedoria é um dom, a capacidade de pensar, uma virtude, e que ambos independem da erudição e do nível de escolaridade.

Sentados em bancos de madeira de canafístula e couro de boi, os dois interlocutores se mediam, como os violeiros repentistas antes de começarem um desafio. No arroubo de minha juventude — perdoem o arroubo e o excesso de juventude —, larguei a primeira pergunta.

— Mestre Chico, o senhor já viu lobisomem?

— Ver visível eu nunca vi, não. Mas dizer que existe, existe. Porque tudo o que se diz que existe, é porque existe.

Levei uma rasteira, fiquei meio zonzo com a resposta. Então, o homem além de excelente músico era um filósofo?!

— Desculpe, dá para explicar melhor?

— O lobisomem é uma notícia, alguém que precisa cumprir o seu tempo. O sujeito está preso a uma maldição, ou um castigo. Digamos que ele é o sétimo filho homem de uma casa, ou cometeu a infelicidade de bater na mãe, ou vestiu uma camisa com sete nós pelo avesso, e espojou-se sete vezes numa encruzilhada, da direita para a esquerda, em noite de lua cheia.

E a conversa prosseguia, com alguns arrepios e sustos, quando um cachorro latia ou passava correndo ao nosso lado.

— Epa! Será um lobisomem?

— Hoje ele não corre. Só de quinta pra sexta-feira.

A mesma mitologia de gregos e romanos, transmitida pelo rio de histórias que atravessa o mundo, chega aos povos mais distantes, se adapta às particularidades, se reinventa.

— Mestre, e como é que se desencanta um sofredor desses?

— Ah, com um punhal, que é frio! A bala da arma de fogo é quente, queima o sangue e ele não jorra. O sangue tem de escorrer, senão o bicho não volta à forma de homem. O desencantador chega perto do lobisomem e olha nos olhos dele. Desse modo, corre o risco de se molhar no sangue contaminado e virar um lobisomem também. É a condição. Sem risco não existe desencantamento. Foi sempre assim, desde o começo dos tempos.

"Desde o começo dos tempos" era a fórmula mágica que nos ligava ao passado. Por meio dela o Egito ficava na outra rua, a Mesopotâmia a dois passos, e a Índia depois da curva do rio. As distâncias geográficas encolhiam, se tornavam insignificantes no passado comum do nosso mar de histórias.

Francisco Aniceto morreu sem que eu perguntasse pelas Mães-D'Água, nossas sereias. Também não perguntei pelos Carneiros Dourados que aparecem ao meio-dia, nas pedras do sertão. Nem por uma infinidade de outros encantados. Perguntarei a quem por tudo isso? Já não são muitas as pessoas que enxergam o invisível e falam dele com simplicidade. Há um excessivo culto ao real e ao hiper-real: na literatura, no cinema, na televisão. Tudo precisa refletir a realidade.

O pai de Francisco se chamava José Aniceto, e também era músico. Uma banda formada por um pai e quatro filhos. Tocavam e dançavam em casamentos, festas de santos, quadrilhas, onde chamassem eles chegavam. Quando José estava bem velho, pertinho de morrer, quase sem dentes na boca, deixou o pífaro e passou para a caixa, um instrumento simples. Nas festas, a família executava uma peça musical em que cada um fazia um solo de dança. Os mais novos giravam em piruetas, com a zabumba na cabeça e um pé para cima. Eu olhava espantado, pensando no pobre velho.

Há bem pouco tempo, a Natureza ainda não tinha sido empurrada para longe de nós. Um empurrão sem volta. E existiam homens ocupados em pensar e interpretar o mundo em que viviam. Não sou saudosista, nem romântico. Mas vez por outra procuro esses homens. Eles não são muitos. Pensar tornou-se uma atividade enfadonha, fora de uso. Coisa de velho. As pessoas preferem as fórmulas prontas de autoajuda.

Melhor parar. Ou falo mal do meu próximo ganha-pão!

O leitor e a bibliotecária

Na cidade do Crato, no Ceará, onde vivi parte da infância e adolescência, havia uma biblioteca municipal. Ou seria diocesana? Já nem lembro. Também não sei onde foi parar o acervo que marcou tão profundamente minha meninice pobre de livros. O prédio da biblioteca não existe mais; no local funcionam um bar e várias lojas de bugigangas. Embora o acervo literário fosse deplorável, quase todo formado por livros católicos mal impressos e muito velhos, acho que a troca de uma biblioteca por um comércio nunca é feliz. Já existem bares e lojas em excesso nas cidades brasileiras.

Imagino que sou a única pessoa do mundo que leu a coleção Grandes Romances do Cristianismo, de que fazem parte títulos como *Perseguidores e Mártires*, *Quo Vadis?*, *Otávio*, *Papai Falot*, *Ben-Hur*, *Os Últimos Dias de Pompeia*, *Os Noivos* e por aí afora. Na falta de livros melhores, eu mergulhava nessas narrativas lacrimosas, escritas para arrebanhar os espíritos rebeldes, transformando-os em almas piedosas. Afora esses livros exemplares, havia a biblioteca de um primo, com a melhor literatura universal: só que todos eles estavam parcialmente devorados pelos cupins e pelas traças. Dessa maneira, minha formação ficou cheia de hiatos. Nela, faltam muitas páginas, capítulos inteiros, começos, meios e fins.

Não sei por arte de que nigromante os insetos não comeram uma única página, uma lombada sequer, nem mesmo o parágrafo mais insignificante das obras completas de Machado de Assis, José de Alencar e das crônicas de Humberto de Campos. Até os 15 anos eu já lera todos esses respeitáveis senhores, de cabo a rabo, tão bem lido que nunca mais voltei a eles. Minto: jamais consegui atravessar *Guerra dos Mascates*, do meu conterrâneo cearense, e sempre releio os contos de Machado. Humberto de Campos, confirmando a transitoriedade do sucesso, anda esquecido. Ninguém lembra que ele foi o autor brasileiro mais lido há algumas décadas, um fenômeno nacional parecido com Paulo Coelho. Sem a autoajuda, claro.

A Biblioteca Municipal era pouco frequentada e a bibliotecária passava a maior parte do tempo fazendo crochê ou rezando num terço de contas azuis e brancas. Creio que o seu interesse pela leitura não foi além das orelhas e prefácios. Ela construiu um conhecimento de superfície sobre o pequeno acervo, quase sempre doado, o que me leva a supor que se tratava de refugo, aquilo que as pessoas têm em casa e não apreciam. Nunca tive notícia de uma aquisição feita pela prefeitura da cidade, da compra de um pacote de bons livros. Quando completei 14 anos, deixaram que eu tivesse acesso à biblioteca da Faculdade de Filosofia e aí conheci livros melhores.

A bibliotecária pertencia à irmandade católica das Filhas de Maria, vestia-se de branco no mês de maio e usava uma fita azul no pescoço com uma imagem em prata de Nossa Senhora. Ela sempre me pareceu ingênua, boa e feliz. A necessidade de um emprego colocou-a no lugar de bibliotecária, sem vocação ou preparo para isso. Nossa amizade se deu por eu ser apaixonado pelos livros. A devoção que ela punha nas rezas eu colocava nas leituras. Diante de um menino deslumbrado por objetos de que ela cuidava sem maior convicção, sentia-se tocada. E era sincera quando me apresentava um título que acabara de chegar, uma nova doação. Esse é bom, dizia sem haver lido. Esperando que eu retornasse para a devolução com um resumo da obra e comentários, que sempre respeitavam sua fé católica.

Talvez um bibliotecário de grande erudição, culto e arrogante, tivesse me inibido. A bibliotecária modesta, com seu fetiche pelos objetos livros e sua admiração pelo menino leitor, me seduziu para a leitura. Ela me olhava invejosa e seus olhos confessavam: Ah, se eu tivesse coragem de atravessar esses dramas! Mas sua formação católica, de um catolicismo popular e singelo, reprimia voos e fantasias, mesmo em romances que pareciam inventados por sugestão do Papa.

Quase todas as vezes em que voltava ao Crato, passava em frente à casa da bibliotecária. Nossa conversa não se mantinha por mais de dez minutos. Eu temia que a qualquer momento ela sacasse a sugestão de um novo romance. Mas o catolicismo anda em baixa e os livros edificantes de alguns escritores tendem para o ecumenismo e o paganismo. A bibliotecária já não possui biblioteca, nem leitores a quem cativar.

Ela sabia que o menino curioso se tornara médico e escritor. Talvez desejasse ouvir um agradecimento que só agora faço: obrigado pelos livros que você me colocou nas mãos. Por mais estranhos que eles me pareçam hoje, contribuíram para me fazer leitor. Tomara que os santos em que você acredita lhe deem no céu uma pequena biblioteca, com livros que você poderá nunca ler, mas com certeza amará, abaixo de Deus.

O consolo que vem dos livros

Visitei uma biblioteca comunitária do Sesc cearense. Ela funciona num caminhão-baú, daqueles que transportam mudanças ou alimentos perecíveis. O espaço é bem confortável: o piso de alcatifa, mesinhas e assentos, prateleiras ocupando as laterais da carroceria. Digo carroceria em referência ao caminhão visto por fora, mas ao entrar na sala improvisada, nos sentimos numa biblioteca de verdade.

Fazia muito calor em toda a região do Cariri, pra onde a biblioteca fora levada nas comemorações aos cem anos de morte de Machado de Assis. O ar-condicionado sofrera uma pane, mas o desconforto do calor não tirava meu encantamento com o mundo itinerante de livros. A equipe se compunha de um motorista e duas bibliotecárias. As moças possuíam um gosto contagiante, conheciam os títulos expostos e nos aliciavam para a leitura.

O caminhão biblioteca se desloca pelos bairros mais pobres da periferia de Fortaleza, onde moram famílias que não podem comprar livros nem revistas. Elas se cadastram e fazem os empréstimos, assumindo o compromisso de devolvê-los em 15 dias. Tudo igual às bibliotecas que funcionam em prédios. A diferença é que as pessoas da periferia jamais frequentam cinemas, teatros e bibliotecas pelos motivos que todos nós conhecemos: a inércia paralisante da pobreza e da falta de cultura.

Perguntei a uma das funcionárias por que existiam livros de autores complexos como James Joyce, Thomas Mann e Proust, em meio a dezenas de outros clássicos. Ela me respondeu que a seleção dos livros havia sido feita no Rio de Janeiro, pelos critérios universais de leitura. Perguntei se alguém já pegara emprestado o *Ulisses* ou o *Retrato do Artista Quando Jovem*, de James Joyce. Ela me respondeu que as pessoas folheavam os livros, mas que ninguém ainda se animara a levá-los para casa.

Pedi para ver outros escritores. Havia muitos latino-americanos e brasileiros e obras completas dos mais famosos. Também encontrei revistas atualizadas e bastante literatura infantil. Senti inveja porque não tive acesso a uma biblioteca tão boa e vasta como aquela, na minha infância e adolescência. Viciado em livros, eu lia o que me passava pela frente, sem qualquer seleção. Acho que acertei quando o acaso me apresentou *Ilíada* e *Odisseia*. E também devo muito ao romantismo de Alexandre Dumas, Honoré de Balzac e José de Alencar.

Em Paris e em São Francisco, na Califórnia, vi pedintes sentados nas calçadas com a bacia de esmolas aos pés, absortos na leitura de livros. Perto do meu hotel em Budapeste, dois moradores de rua se abrigavam debaixo de uma marquise e eu os encontrava sempre lendo. Com os livros abertos nas pernas, eles conversavam concentrados, alheios aos curiosos. Lamentei não conhecer o idioma húngaro, pois desejava saber sobre o que eles falavam e o que liam.

Vez por outra alguém escreve sobre a inutilidade da literatura. São ensaios extensos, verdadeiras teses literárias. Uma perda de tempo. Penso no significado do livro para as pessoas pobres das favelas de Fortaleza, algumas abaixo da linha de pobreza e no patamar mais baixo do índice de desenvolvimento humano.

    O que sentem quando tocam um livro, esse objeto carregado de fetiche, inacessível como o topo da pirâmide social, aonde eles dificilmente chegarão? Não sei responder. Sei que alguma coisa me aproxima dos mendigos de Paris, São Francisco ou Budapeste: o gosto em desvendar o que foi escrito nos livros. A realidade de um quarto confortável de hotel e a marquise de um prédio nos separam. Mas quando abrimos o mesmo livro e o folheamos, nos tornamos iguais.

Para onde estão me levando?

O táxi que apanhei na quinta-feira da semana passada, por volta das cinco e meia da tarde, entrou na avenida Conde da Boa Vista, no centro do Recife, num estranho corredor de trânsito, uma fila indiana que não andava nem para frente nem para trás. Ficamos entalados por mais de quarenta minutos naquela invenção de algum gênio do urbanismo e estratégias de engarrafamentos.

    O taxista, louco à beira de um internamento, esgotou seu repertório de palavrões contra o prefeito autor da obra. O homem vociferava, abria a porta do veículo, discursava para o nada, ligava e desligava o motor. Um neurótico apocalíptico, um doido de pedra, subproduto do inferno em que se transformaram as cidades brasileiras. Pelo menos ele não discursava contra as mulheres e a Lei Maria da Penha como o outro maluco que me conduziu — por quem estou sendo conduzido, meu Deus? — no dia anterior. Também não escrevia mensagens no celular enquanto guiava.

Prevendo que após uma semana eu ainda estaria no mesmo lugar, indenizei o homem e continuei meu trajeto a pé. Bem mais proveitoso. Em quase uma hora o táxi não andara mais de duzentos metros e ainda por cima gastei bom dinheiro. Caminhando, eu seria molestado apenas pelo barulho das buzinas, poderia cair num dos buracos das calçadas ou ser assaltado numa esquina mal iluminada.

Hoje consumi cinquenta minutos para deslocar-me por cerca de cinco quilômetros. Choveu, as ruas ficaram alagadas e com os semáforos apagados. Um rapaz ao volante decidiu fechar uma das ruas. Uma jovem também interditava o fluxo e fazia caretas para os que pediam que ela liberasse a faixa. Alguém ameaçou arrancá-la do veículo. Temi o pior, num país que bate recordes de violência contra as mulheres.

Há quatro dias, quando saí à noite para ir ao teatro, fiquei preso quarenta e cinco minutos num trecho de pouco mais de quinhentos metros. Cheguei atrasado ao espetáculo e não pude entrar. Se entrasse, não conseguia concentrar-me por conta da irritação. Tenho preferido sempre ficar em casa, ler e assistir a filmes. Mas os vizinhos fazem barulho, dão festas nos finais de semana, ouvem músicas horríveis, nas alturas. Não posso sair de casa e também não posso ficar em casa. Este é o meu inferno.

Não chego ao requinte de pontualidade de alguns europeus, mas gosto de chegar na hora certa aos meus compromissos. Isso se tornou impossível. Nunca se sabe a que hora se vai chegar. Deslocamentos que poderiam ser feitos em dez ou quinze minutos podem consumir até duas horas. Basta que aconteça um acidente, exista uma obra na pista ou caia uma chuva. Viver nas cidades grandes se tornou desagradável, sobretudo por causa do trânsito. Dizem que no Cairo é bem pior. Será?

Enquanto eu me desesperava dentro do táxi, na Conde da Boa Vista, um amigo telefonou para o meu celular, de uma cidadezinha do interior. Sem saber do meu sofrimento, me falou do silêncio e da temperatura agradável lá no alto da serra. Disse que o cafezal florido parecia um campo nevado e que o cheiro das flores lembrava o jasmim. Perguntou como eu me sentia e respondi que bem feliz.

    É preciso mentir, vez por outra.

Cortem a cabeça!

A história parece absurda. Cinquenta pessoas procuram o Armazém 13 do Cais do Porto, para assistir a uma peça encenada por um grupo de Londrina, no Terceiro Festival Recife do Teatro Nacional. Trata-se de *Alice Através do Espelho*, livre adaptação do texto clássico de Lewis Carroll. O fato de ser representada num depósito de mercadorias não é novidade. Há muito, os diretores experimentam os espaços mais insólitos para mostrar os seus trabalhos, abandonando as tradicionais caixas italianas. A cenografia construída com plásticos negros lembra as barreiras em contenção de uma favela. Nada dos douramentos barrocos.

Subimos por uma escada sem corrimão até um cubículo estreito, onde temos de nos alternar em posições desconfortáveis para ver a cena. De dentro de um sofá, onde está deitada a Alice, saem personagens. De repente, a Alice atravessa um espelho, e somos empurrados para um tobogá que o espelho escondia. Sem qualquer consulta prévia, atiram-me de escorregador abaixo. Uma senhora gorda desce gritando e se esborracha lá embaixo. Agarra-se a uma estrutura de arame, que se solta e vem de encontro ao meu rosto. Meus óculos são atirados longe e o rosto fica machucado. Tudo muito interativo e teatral, bem ao estilo da Rainha de Copas: cortem a cabeça!

No escuro e sem os óculos, não enxergo mais nada e me perco de minha mulher. Esmagada por um teto que desce sobre ela, a pobrezinha tenta escapar se arrastando através de uma passagem estreita. O insuportável livro de Lewis Carroll não poderia estar mais bem representado. Protesto. Uma produtora me segura pelos braços e manda que eu me cale, pois atrapalho a encenação. Sinto ganas de sair interagindo com os atores, botando tudo abaixo. Quero meus óculos de armação de titânio e lentes inquebráveis sem reflexo, que me custaram os olhos da cara.

O público parece gostar dos maus-tratos. Dez adolescentes histriônicos, os atores, gritam, amarram algumas pessoas, fazem cócegas com peninhas em outras, ordenam que cantem, dancem e se arrastem. Todos obedecem passivos. É um novo modelo de comportamento em teatro, o mesmo dos programas de televisão ou shows de rua, em que o importante é comunicar-se.

Desmonto minha ira sagrada e esqueço o prejuízo. Não saí de casa, como um grego no tempo de Péricles, para assistir a uma tragédia de Sófocles. Já não se vai ao teatro em busca de uma experiência espiritual e ética. Nem se pode comparar essas interações contemporâneas com as representações coletivas da Grécia antiga, onde na praça principal de um lugarejo homens e mulheres reuniam-se em torno de um lagar e amassavam a uva com os pés, cantando e dançando. Uns puxavam o coro, outros respondiam. A forma circular desse teatro improvisado, a embriaguez e a louvação ao deus Dioniso deram origem à tragédia grega.

No Brasil, onde vivemos os mais diversos estágios de cultura, ainda não transpusemos os abismos que separam uma arte chamada culta de outra chamada popular. Algumas encenações como a de *Alice Através do Espelho*, cheias de malabarismos e artifícios cênicos, não conseguem disfarçar a pobreza da dramaturgia e a fragilidade dos atores. O oposto do que sentimos ao ver brincantes populares atuando. Reconhecemos neles um aprendizado que passou de geração a geração, se guardou como linguagem gestual através de séculos e se repete com precisão e verdade. O patrimônio dramático de civilizações antigas se preserva graças a esses brincantes da música, da dança e do teatro. Os jovens atores da peça a que assisto perderam referências culturais e não alcançaram uma qualificação técnica que compense essa falta.

Há poucos dias vivi uma experiência marcante. Ministrava um curso sobre a dramaturgia do Mateus, um personagem dos autos populares nordestinos, e resolvi estudar alguns teatros de tradição, antes de apresentar o meu personagem. Entre as características do Mateus, a mais difícil de compreender é a polaridade entre o masculino e o feminino. Eu supunha que não havia em nossa cultura popular nada parecido com o teatro japonês Kabuki, em que atores masculinos, os onagatas, se especializam em papéis femininos.

O relato de um velho Mateus, de 68 anos, que veio trabalhar conosco no último dia de aula, e que brincava desde os 15 anos, deixou-nos inquietos. Para aquele homem, pai e avô de grande prole, viver e representar eram a mesma coisa.

Ele contou:

"Comecei brincando como Daminha. No Boi de Reis, mulheres não brincam e eu fazia esse papel feminino. Usava tranças louras, anáguas de renda e peitos postiços. Quando me arrumava e botava a maquiagem, ninguém dizia que eu não era uma mulher. Eu ficava linda. Um dia, quando me apresentava, um rapaz olhou para mim e perguntou se eu queria namorar com ele. Pedi licença ao meu Mestre e ele consentiu. Andamos pela praça de mãos dadas, tomamos refrigerante e depois ele me levou em casa. Coloquei duas cadeiras, uma de frente para a outra, e mandei que sentasse. Entrei pro meu quarto e tirei a fantasia, bem devagar. Quando limpei o rosto, fiquei triste porque deixei de ser uma menina. Vesti minhas roupas de homem e voltei para a sala. Sentei-me de frente para o rapaz e esperei. Meu pai passava na sala e o meu namorado perguntou a ele: Onde está aquela moça morena que entrou comigo? Aquela moça morena é esse homem que está na sua frente, respondeu meu pai."

O lampejo da morte

Dizem que existe fidelidade entre os casais de cisnes e quando morre um deles, o outro não demora muito tempo vivo. Não é um achado comum no reino animal. As mães defendem seus filhotes, e há relatos de alces que se entregam à mira dos rifles dos caçadores, para proteger as manadas. Fomos pródigos em atribuir sentimentos de lealdade e servidão aos bichos, em elegê-los como símbolos de qualidades humanas. O bode simboliza a força vital, a libido, a fecundidade. A tartaruga, a regeneração, a estabilidade e o conhecimento. O corvo é considerado de mau agouro, pode atrair desgraça. O boi é um símbolo de bondade, de calma e trabalho. A águia é a rainha das aves, substituta ou representante das mais altas divindades. O tigre comporta sinais negativos e positivos, as ideias de poder, força e impulso feroz.

Cada povo criou uma mitologia própria em torno dos animais, celebrando-os em cultos e adorações. Atribuíram coragem, lealdade, argúcia, inteligência, honradez, mesquinhez e covardia aos seres que os livros de zoologia classificam de irracionais. Em alguns povos, os feitos heroicos das tribos são prerrogativas animais. Personagens míticas ora adquirem forma humana, ora retornam ao estágio animal, como jabuti, raposa, onça, ou o que seja. No clássico *Ramayana*, o mais famoso relato épico da Índia, um dos heróis centrais da narrativa é um macaco, Ranuman.

A mitologia e o imaginário em torno dos animais remontam ao tempo em que vivíamos próximos deles, caminhando atrás das manadas, caçando ou esperando que algum morresse para nos alimentar. A *Epopeia de Gilgamesh*, poema mais antigo de que se tem registro, relata o ardil usado para separar o herói Enkidu das gazelas com quem ele vivia, comendo, dormindo e transando. Passados milênios, desgarrados da natureza e do sagrado, já não somos capazes de imaginar o quanto fomos próximos dos outros animais. Esses que exterminamos a cada dia, até que não reste nenhum para contar a história.

A intimidade que nos fazia quase iguais, a ponto de nos confundirmos nas fabulações e nas lendas, com o passar do tempo mostrou sutis diferenças. Imagine um pequeno agrupamento humano seguindo de perto uma manada de antílopes. Imagine que um dos antílopes se machuca e morre, mas a manada prossegue, em busca de água e pastagem. O semelhante é deixado para trás, sem lamentos, sem pranto, sem honras funerárias. Imagine que num outro dia, num tempo em que a média de vida humana era de vinte anos, um dos velhos da tribo nômade adoece e morre. A marcha cessa, os membros da tribo gritam, a companheira do morto arranca os cabelos e cobre a cabeça de cinza. Quatro rapazes são despachados para acompanhar a manada e não perdê-la de vista, enquanto as outras pessoas preparam os rudimentos de um funeral. Cavam um buraco na terra, enterram o corpo enrijecido, e ao lado dele depositam seus poucos pertences: a lança, o arco, as setas, um colar de pedras.

O trajeto para a consciência da morte talvez represente o grande passo na evolução do homem, o que mais o diferenciou na escala animal. Retornemos bem mais longe nessa caminhada em rebanho, ao instante em que um primeiro homem, ou um rudimento do que seria um homem, contempla seu semelhante caído, e tenta que ele se mova ou emita um som. Nada. Há bem pouco, esse que agora já não se move subia em árvores, atirava pedras num antílope, brigava por um pedaço de carne. Nada. O companheiro se agita, tenta mover as mãos do morto, enfia o dedo em sua boca. Nada. Pela primeira vez, desde que esses homenzinhos ocupam o planeta, um deles tem a consciência de que algo que foge ao controle e a vontade aconteceu: a morte. Ele tenta comunicar sua descoberta aos outros, simbolizá-la. Uma dor que difere do sofrimento físico se insinua dentro dele, mas ainda não sabe o que significa.

O bando parte. Nosso primeiro homem consciente da morte caminha e olha para trás. O companheiro não se move e isso o incomoda. O corpo permanece estirado no chão, do mesmo modo que o antílope. A manada segue em frente, insensível. Nosso herói se inquieta, teme prosseguir. Um novo conhecimento se insinua nele. Difere da técnica de produzir fogo, do manejo do arco, da coleta de um fruto. Nosso herói foi iniciado na subjetividade da morte.

Estamos nos primórdios da história do homem. Ele já pergunta por que deixamos de ver, de ouvir, de caminhar e de falar. Elabora imagens sobre a morte, tenta representá-la. Surgem rudimentos de cidades, aumentam os agrupamentos e as questões se alargam. A morte é para sempre, ou apenas transitória? Teremos uma outra vida depois dessa, num lugar longe daqui? As perguntas se transformam em representações na pintura, na poesia, na música, no teatro e na dança. Surgem a arte e a filosofia. Fundam-se as religiões, elaboram-se os conceitos de alma e espírito.

O melhor registro da história do homem se fez em urnas funerárias, em covas rudimentares, potes de argila, túmulos luxuosos ou pirâmides. Suspeitando que do outro lado da morte pudessem necessitar dos bens que possuíam na terra, os homens criaram rituais de sepultamento.

Alguns levavam junto consigo o navio, o cavalo e as armas. Outros se enterravam com esposas, escravos, animais de estimação, roupas, joias e mobílias. Dos mais pobres aos mais poderosos, dos mais simples aos mais sábios, em qualquer tempo, sofremos a mesma perplexidade e incerteza. A pergunta que se fez nosso herói primitivo continua sem resposta. O caminho à morada do outro lado só possui o desenho de ida? Perdeu-se o traçado da volta? Desde muito perguntamos em vão.

Conversa com Dom Hélder Câmara

Durante anos cruzei com Dom Hélder Câmara, no bairro do Parque Amorim, no Recife. Nunca me perguntei de onde vinha nem para onde ia. Era sempre nos finais de tarde. Ele usava uma batina surrada, de cor clara, pois não aderira à nova moda dos padres de se vestirem à paisana. Eu o cumprimentava com respeito e ele me sorria, erguendo a mão. Talvez repetisse o gesto de abençoar as pessoas.

Dom Hélder não sabia quem eu era, mas tínhamos em comum a mesma origem cearense, o destino de buscar o Recife. Eu o conhecia e o admirava. Vê-lo caminhando sozinho e destemido pelas ruas me enchia de esperança e coragem. Vivíamos tempos difíceis da ditadura militar e o arcebispo de Olinda e Recife dedicava sua vida a lutar pela justiça, pelos pobres e oprimidos. Aqueles também eram novos tempos de Evangelho, de prática da Teologia da Libertação.

Quando a Ditadura Militar assassinou o Padre Henrique, um membro do clero de esquerda, Dom Hélder escreveu uma homilia que circulou e foi lida nas igrejas, um discurso poético e de ousada coragem.

Nos seus programas na Rádio Olinda, além de pregar a fé na Virgem Maria, sua grande devoção, Dom Hélder falava de temas concretos desse mundo real em que vivemos: a fome, a má distribuição de renda, a desigualdade social e a miséria.

A residência oficial dos arcebispos de Olinda e Recife ficava no Palácio dos Manguinhos, no bairro das Graças. Dom Hélder preferia morar numa casinha minúscula, nos fundos da Igreja das Fronteiras, no Derby. Vivia sozinho, ou melhor, na companhia de Deus e da Virgem Maria. Foi na porta dessa casa que nos encontramos certa manhã e tivemos uma conversa ligeira, que me marcou profundamente.

Meu primeiro filho havia nascido e embora eu estivesse fora da Igreja Católica desde os 16 anos de idade, achei que devia batizá-lo. Eu só conhecia um modo de dar nome ao filho: o mesmo modo como me deram um nome no batismo. Qual o significado dessa escolha se eu me afastara voluntariamente da Igreja e de qualquer religião? Acho que ainda carregava fantasmas infantis, terrores de que, se um bebê morre pagão, vai para o limbo, um lugar escuro e insalubre, triste e sem esperanças. A psicanálise e a ciência não me haviam curado.

Bati na porta de Dom Hélder. Ele mesmo me atendeu, a fisionomia cansada, os olhos de quem passou horas lendo. Tinha um livro na mão e marcava a página com os dedos. Convidou-me para entrar, mas agradeci, disse que não desejava incomodá-lo, que a conversa seria breve. De tanto vê-lo e ouvi-lo, me parecia próximo, quase íntimo. Senti vontade de pedir a bênção, pois sempre o julguei com o direito de abençoar. Esse gosto antigo pela bênção eu não perdera ainda.

— Meu primeiro filho nasceu e estou pensando em batizá-lo — falei sem qualquer preâmbulo.

Ele esfregou os olhos e me encarou.

— Pensei em fazer o batismo aqui na sua igreja — completei no mesmo tom e pressa.

Dom Hélder sorriu e perguntou se eu era católico, se praticava o evangelho e se vivia no seio da comunidade religiosa. Respondi que não. Ele me disse que então não havia motivo para batizar a criança, que só se batiza um filho quando se deseja iniciá-lo na vida cristã. Senti-me um hipócrita, um fariseu. Falei que precisava de um ritual para dar o nome à criança. Ele me respondeu que o batismo não é uma celebração social e sim um compromisso de educar o filho nos princípios cristãos. Senti-me pior que um fariseu, um demônio logrado.

Compadecido de minha ignorância e perplexidade, sugeriu-me procurar a paróquia do bairro e batizar o menino no meio de todos os outros, num ritual comunitário. Eu havia corrido atrás de uma celebração particular, um batismo separado. Em suma, um equívoco.

Desculpei-me. Ele insistiu comigo para entrar na casa. Agradeci o conselho, fiz uma reverência e fui embora. Sempre acho que deveria ter pedido a bênção antes de me despedir, pois Dom Hélder era um dos poucos homens com o poder de abençoar.

Quem elegeu Barack Obama

Em minha última noite como escritor residente da Universidade da Califórnia, em Berkeley, jantei na residência de um casal pouco comum ao modelo americano, mesmo num estado que ficou conhecido pela quebra de padrões de comportamento e foi berço da contracultura. Ela, uma professora de crianças que trabalhava os dois turnos, filha da classe média, branca e de olhos claros. Ele, um negro moçambicano aceito para mestrado, sobrevivendo de uma bolsa modesta, que mal dava para mantê-lo.

    A jovem professora conheceu o estudante em Moçambique, quando trabalhou como voluntária junto a comunidades pobres da África, levada por uma instituição religiosa das muitas que proliferam nos Estados Unidos. O rapaz residia em Maputo e era mantido pela mesma instituição. Tinha curso universitário e algumas produções na literatura e na música. Até conhecê-la, via como futuro um retorno à família, na cidadezinha de interior onde nascera. Queria ensinar em escolas para crianças carentes e dedicar-se a projetos sociais.

Na casa modesta e acolhedora do casal de Berkeley, o espaço onde me senti melhor nos meus dias americanos, havia muitas fotos espalhadas em paredes e porta-retratos. Fotos do casamento, dos irmãos do rapaz, da mãe vendendo pequenas mercadorias numa feira, de uma escola improvisada onde ela dava aulas na África, dos casebres da família dele, de quintais, árvores, jardins e mais fotos em que o casal aparecia junto, com ar de felicidade.

Ela achava ofensivo o termo com que os americanos se referiam à união entre uma branca e um negro: casamento inter-racial. Soava pesado, quase criminoso. Ali estavam eles partindo queijos e pães, abrindo garrafas de vinho para um jantar de boas-vindas ao casal brasileiro que folheava álbuns e mais álbuns de fotografias. A dona da casa apresentava a família do esposo, negros de aspecto humilde, gente dos interiores de Moçambique de quem ela falava com orgulho e carinho, referindo-se a todos pelo nome, com os olhos cheios de lágrimas saudosas.

Nesse dia 30 de abril de 2007, escutei pela primeira vez o nome de Barack Obama. A anfitriã falou do candidato e de suas esperanças nele. Disse contribuir com uma parte do salário para a campanha eleitoral. Tamanho civismo me impressionou. A jovem que se apaixonara e casara com um estudante africano, assombrando a família e enfrentando os que batizavam a união com o pejorativo "inter-racial", apostava em mudanças nos valores americanos.

Soube que a eleição de Obama foi acompanhada pelos estudantes de Berkeley com uma vibração pouco usual nos tempos de hoje. Pareciam os anos em que professores, alunos e artistas se manifestavam contra a guerra do Vietnã e os hippies da contracultura passeavam nus pelas ruas da cidade. Soube, também, que o casal amigo está esperando o primeiro filho. Ele nascerá sob o signo de uma nova era. Os dois apostaram tudo nessa esperança, até o pouco dinheiro que ganhavam.

É verdade, o mundo mudou e os americanos também precisam mudar em muitas coisas. Como já fez, há algum tempo, o casal de Berkeley.

O canceroso imaginário

Juro que não estou com câncer; pelo menos por enquanto. Mas durante cinco dias vivi a possibilidade de ser portador de um melanoma maligno, uma das formas mais traiçoeiras da doença. Nem dá para esconder que sou médico. As pessoas sempre anotam no final dos meus textos, ao lado da assinatura: médico e escritor. Certamente desejam associar-me a Guimarães Rosa, Jorge de Lima ou Pedro Nava, que além de médicos eram bons escritores. Mas ser discípulo de Hipócrates não garante um futuro literário a ninguém. Sobretudo nos tempos de hoje em que a medicina se tornou uma profissão de técnicos, afastando-se da filosofia, da religião e da arte.

Soube que poderia estar com câncer, no consultório de um dermatologista. Um pequeno sinal nas costas parecia suspeito: tinha coloração escura, contornos irregulares, superfície plana. Eu fora me consultar por causa de um prurido, uma coceira como dizem os leigos. O especialista mostrou-se calmo, pragmático na hora de pronunciar a sentença: "Você pode adiar a retirada do sinal, mas deve fazê-lo o mais breve e enviar a peça (é assim que chamamos o fragmento retirado) para exame histopatológico."

Até ouvir a fala curta e seca do meu colega médico, eu estava cheio de planos para o futuro: plantar café num sítio em Taquaritinga, publicar um novo livro de contos, morrer só depois dos 90 anos. Agora, poderia ter uma sobrevida de oito anos ou viver apenas ridículos três meses. Dependia da evolução do melanoma, se fosse confirmado.

Enquanto eu dobrava papéis com receitas e solicitações de exames, me perguntava o que acontecera comigo. Era o mesmo Ronaldo Correia de Brito de quinze minutos atrás (tempo que durou a consulta): saudável, cheio de apetite e vontade de viver. Não, já não era mais. Um médico detentor do poder da ciência lançara uma dúvida sobre o meu frágil destino no planeta Terra. Sempre tive a certeza de que iria morrer. Nunca duvidei disso, por mais que desejasse negar a morte. Mas assim de repente, sem mais nem menos, sem cometer transgressão ou crime? E a sentença de morte pronunciada por um burocrata da medicina mal-humorado. Nem ouvi os toques de trombeta do juízo final, coisa que me garantiram que eu escutarei na proximidade da morte.

Liguei para um amigo cirurgião oncologista. Ele foi categórico: "Se você não retirar o sinal para a prova dos nove, nunca mais terá sossego." Regateei: "Mas estou perfeito, não dou um espirro, acabei de dosar colesterol e triglicérides, minha pressão é de criança." Conversa fiada. A dúvida me comia por dentro.

Retirei o sinal e aguardei o resultado. Foram dias de pesadelo e falta de apetite. Emagreci, surgiram olheiras, falava tapando a boca por conta do mau hálito. Comportava-me como candidato a defunto, inventariando as pequenas coisas que deixaria para trás nessa vida de ilusões. Por azar, enquanto aguardava o resultado da biópsia, uma colega de trabalho morreu de linfoma e uma vizinha de carcinoma, nomes do dito-cujo. Nunca se pronuncia a coisa ruim "c-----", pois dá azar. Se o nome agourento escapa, deve-se cuspir três vezes e fazer um sinal da cruz.

Apostei que o próximo a morrer seria eu.

Não fui. O histopatológico concluiu por uma queratose, lesão muito besta e, por isso mesmo, ótima para mim. Decidi mudar radicalmente de vida, ser um cara relaxado, alegre, sempre de bom humor, visitar os amigos, curtir as coisas boas da vida. Não cumpri um propósito, ainda.

Em questão de segundos, só em abrir um envelope e ler o que estava escrito numa folha de papel, passei da condição de quase morto para a de ressuscitado.

Admiro os progressos da medicina. É possível extirpar tumores com raios laser; a cirurgia de catarata tornou-se tão simples que o fantasma da cegueira na velhice já não existe; o diagnóstico e tratamento precoce do câncer diminuíram o pavor que cercava esta doença. Porém, a altíssima tecnologia a serviço do diagnóstico transformou os médicos em superespecialistas, homens cibernéticos. A técnica, do grego *technikós*, que quer dizer relativo à arte, passou a significar estritamente o domínio de um instrumental científico, muitas vezes mecânico. A arte, no seu elevado sentido de busca do Bem e do Belo, cedeu lugar à indústria ou ao mero artesanato.

Para os gregos, a cura sempre esteve ligada à busca do autoconhecimento. Na entrada do oráculo de Delfos uma inscrição orientava os que procuravam ajuda: "Conhece-te a ti mesmo." A medicina também recorreu à magia simpática e nunca prescindiu da relação entre médico e paciente, de gestos simples como o olhar, o toque, a escuta e a fala. Quando o filósofo grego Heráclito afirma "agora eu vou sair em busca de conhecer a mim mesmo", inaugurando o *logos*, ou a ciência, rompendo com o pensamento mágico da Grécia mítica, ele cria uma nova maneira de ver o homem e buscar a cura. Mas esse modo de pensar não descarta o humanismo essencial à prática médica, esquecido num mundo moderno em que a magia do toque das mãos foi substituída pelo sacolejo de um aparelho de ressonância magnética.

O dermatologista agiu corretamente ao indicar a retirada do sinal. Não questiono seu procedimento. O que nós médicos precisamos rever é o poder que muitas vezes assumimos de arbitrar sobre a vida e a morte. Algumas sentenças médicas, pronunciadas sem maior compromisso ou cuidado, causam transtornos irreversíveis.

Os escritores clássicos ironizaram a empáfia do médico e fizeram dele as piores caricaturas. Ninguém o tratou pior que o teatro de comédia de arte. O personagem médico é representado por um ator, que move apenas a cabeça de um lado para o outro. O eixo vertebral rígido como uma coluna de concreto do *Doutor* significa o poder e a arrogância. Com os olhos fixos no horizonte, o *Doutor* não enxerga o doente à sua frente, que, apavorado, espera uma sentença sobre o seu destino. Na comédia, felizmente, toda sabedoria do *Doutor* limita-se a um simples:

— Ahn!

Bach e José Aniceto

A queixa partiu do musicólogo George Lederman, quando terminávamos de ouvir *A Paixão Segundo São Mateus*, de Bach: nunca mais se comporá assim. A noite sem lua, o pátio extenso da casa de campo e o retorno ao silêncio após os últimos acordes da orquestra tornavam a sentença bíblica. Na verdade, nunca mais se compôs assim. A prova é que escolheram a música do mestre alemão para ser lançada no espaço, escapando a prováveis hecatombes que varram o homem e sua arte do planeta. Algum dia, seres de outros universos poderão se encantar com a mais sublime e elevada música. Talvez, os ETs não compreendam como foi possível que do mesmo barro original tenha nascido a mão que desenhava partituras e a que apertou o botão das ogivas nucleares para o ato final.

A *Paixão* é uma obra complexa, dura quase quatro horas, exige dois coros, cada qual com sua própria orquestra, e inúmeros solistas vocais e instrumentais. As peças profanas do compositor são poucas, se comparadas à sua música sacra, composta sobretudo de 1723 até sua morte em 1750, quando trabalhava em Leipzig, como mestre de capela ou diretor musical de várias igrejas. O miraculoso para nós modernos é o volume da obra de Bach: trezentas cantatas, das quais nos chegaram duzentas; cinco paixões, três oratórios, um magnificat, seis concertos de Brandenburgo, diversos concertos para violino e cravo; fugas, prelúdios, fantasias, sonatas, tocatas, partitas, suítes e caprichos, escritos numa época em que não existiam computadores editando partituras musicais. Será que o tempo diminuiu a sua medida ou possuía um outro sentido e utilidade? Bach tinha uma grande família e se ocupava da educação dos filhos. Religioso, compunha para o futuro, sempre na perspectiva do eterno. Era imune à ansiedade do homem contemporâneo, que só pensa no reconhecimento imediato e no consumo do seu produto artístico.

O compositor, que ficou esquecido cem anos, também fez sombra ao talento dos filhos. Só agora os pesquisadores chamam atenção para a qualidade da música produzida pelos filhos de Bach. A história do homem é assim mesmo, um terreno arqueológico em que camadas se sobrepõem às outras e só por milagre alguns tesouros perdidos vêm à luz. Há vários níveis de saber na construção do conhecimento humano. Penso numa pequena orquestra da minha cidade do Crato, uma humilde banda cabaçal de dois pífaros, uma zabumba, uma caixa e um par de pratos. Tinha o nome de Os Irmãos Aniceto, e era formada por um pai e quatro filhos homens. Bastava olhá-los para reconhecer que o sangue de índios e negros corria nas suas veias. Criados nos vales e chapada do Araripe, acostumaram-se a caçar na floresta e banhar-se nas nascentes d'água. Plantavam arroz, feijão, mandioca e milho como todos os pequenos agricultores. No tempo livre, tocavam seus instrumentos e dançavam. Tinham um repertório de mais de cem peças, de que se diziam autores. Pode-se duvidar da informação. Outras bandas locais executavam músicas semelhantes. Mas isso não tem a menor importância. A arte é um bem comum e só o homem moderno inventou a assinatura como marca de proprietário.

Por alguma razão a família Aniceto sempre me lembrou a família Bach. Há em comum entre eles o mesmo modo religioso de viver, o sentido de sagrado, a arte incorporada ao comum das coisas. Toca-se o pífaro com a mesma fé e concentração com que se bebe um copo d'água. Com a música celebram-se os nascimentos, os casamentos, as colheitas, a morte. Não há rupturas na cadeia do viver, nenhum *staccatto*. O tempo flui com uma outra medida. Plantar um roçado de milho não é diferente de compor uma marcha de estrada.

Tive provas disso. Nos meus tempos de pesquisador de cultura popular assisti a uma apresentação de palanque dos Irmãos Aniceto. Depois de marchas e baiões cada membro faria um solo com o seu instrumento, tocando e dançando. Os quatro irmãos, Francisco, João, Antonio e Raimundo, saíram-se bem, sendo aplaudidos. O velho José Aniceto, com quase noventa anos, foi deixado por último. Para ele, mestre e pai, sobraram os pratos, por serem leves e não exigirem esforço. Quando o filho mais velho fez uma vênia na sua frente, estava dado o sinal para que começasse a dança. Solene e vagaroso, o velho colocou os pratos no chão e deitou-se de bruços. Debatia-se, agitando braços e pernas, como se lutasse contra um monstro poderoso. O público, estranhando aquela dança, não teve a menor compaixão e vaiou o velho até que ele se levantou, dando o rito por encerrado. Eu sofria como se fosse contra mim todo o clamor. Dias depois ele me disse: já estou velho e a minha briga é com a morte. Eu me atiro na terra e ela me puxa para baixo, querendo me levar. Eu luto, luto para subir pro céu.

A música barroca de Bach eleva-se em espirais e sugere um movimento de ascensão. O mesmo que o velho José Aniceto tentava dar à vida e à modesta criação.

Uma viagem literária

Percorro vastidões de terras férteis em São Paulo, o estado mais rico do Brasil. São monoculturas de cana, laranja, eucaliptos e capinzais para os rebanhos de gado. Aqui e acolá avisto resquícios de plantações de café e amostras de florestas que já reinaram absolutas, tempos atrás. Elas cederam lugar aos monótonos e ordenados plantios lucrativos, desenhos verdes a perder de vista, canaviais infinitos.

— Monocultura, lucro, monocultura, lucro, latifúndio... Uma cantilena de maria-fumaça.

Quase não se avista casa. Os campos se esvaziaram de seus habitantes: animais, pássaros, homens. Chega-se a imaginar que marcianos invisíveis cultivam as terras, pois os homens só aparecem nas periferias das cidades ou surgem pequenos e anônimos na imensidão dos cultivos. Pergunto-me se toda riqueza gerada fica nas cidades em volta e se reverte para seus habitantes. Ou se ela foge nas mãos de algum milionário, para bem longe.

Já não faz sentido falar em vida rural, pois ela não existe por ali, a não ser na nostalgia caipira das duplas sertanejas. Reais são as cidades e suas periferias, os ricos latifúndios e as máquinas. Comparo o que sinto viajando por São Paulo com a sensação de percorrer os sertões desabitados do Nordeste. Nos interiores paulistas, as terras se povoaram de tratores e poucos homens, tornando-se ricamente produtivas. Nas planuras secas nordestinas, não habitam homens nem máquinas. O deserto se adensa apenas nas cidades e suas periferias, quase sempre pobres. Aqui, os poetas também cantam um sertão rico de mentira.

Viajo de São Paulo para Botucatu. Participo do programa Viagem Literária, promovido pela Secretaria de Cultura do Estado. Durante uma semana me encontrarei com professores, alunos, bibliotecárias e pessoas comuns nas cidades de Macatuba, Pederneiras, Cerqueira César, Cerquilho e em Botucatu. Outros 55 municípios estarão recebendo escritores com o mesmo objetivo: conversar sobre literatura, o ato de ler e escrever, a importância dos livros.

Botucatu é uma cidade bonita. A antiga fazenda Lageado, onde se plantava café e hoje funciona a faculdade de agronomia e laboratórios de pesquisa, lembra o campus da Universidade da Califórnia, em Berkeley. Uma floresta de pinheiros e eucaliptos, um riacho correndo, a topografia acidentada com subidas e descidas. E muito silêncio, quebrado às vezes pelas motos que passam velozes e barulhentas como no restante das cidades brasileiras.

Botucatu já foi última parada de trem, um entreposto de onde partiam exploradores de terras, sertão adentro, no tempo em que São Paulo era quase todo coberto de florestas. É difícil imaginar que no passado as pessoas se referiam aos interiores paulistas, a tudo o que não ficava no litoral, como sendo sertão. A palavra ganhou outro significado, traz sempre a lembrança de terras áridas, desérticas ou cobertas de caatinga. Remete à paisagem nordestina.

A literatura contribuiu para a construção de um novo imaginário sertanejo, principalmente *Os Sertões*, de Euclides da Cunha, *Vidas Secas*, de

Graciliano Ramos, e o romance *O Quinze*, de Rachel de Queiroz. Também o cinema do ciclo do cangaço e do cineasta baiano Glauber Rocha. É como se a arte mudasse nossa maneira de ver o mundo em torno de nós.

As viagens literárias aproximam o público leitor dos escritores. Nas universidades americanas, convidam-se autores para residirem no campus e trocarem experiências com os estudantes. É um modo de tornar as fronteiras permeáveis, mostrar o que se produz fora do habitat dos alunos. As viagens literárias também possibilitam um intercâmbio cultural, revela-se o que se pensa e produz em nosso extenso país. Os escritores também desvendam novas paisagens, conhecem um Brasil fora dos jornais e noticiários de televisão.

Viajando com outros escritores por São Paulo, lembrei a catequese dos padres jesuítas. Uma boa catequese, a nossa. Ninguém prega doutrinas religiosas, nem afirma dogmas. Falamos da importância transformadora dos livros em nossas vidas. Num país com cerca de cinquenta milhões de analfabetos, onde os políticos não se constrangem em afirmar que não leem e não gostam de ler, é preciso dar voz aos que acreditam na educação como o único meio de reverter a desigualdade social e a violência.

Sigo até Macatuba. Impressiono-me com o silêncio na cidade, a ordem e as praças intercalando os quarteirões de casas. Tudo em meio ao canavial. Depois Pederneiras, onde é possível pescar e tomar banho no rio Tietê, e a biblioteca municipal pulsa como um coração. De noite, assistimos queimarem a cana e imaginamos algum Nero endiabrado incendiando o mundo. No tempo de moagem, chove fuligem negra em todas as cidades afogadas entre os canaviais. Em Pernambuco e Alagoas também é assim. Aqui, chamamos malunguinho a essa neve negra e pestilenta, que torna Pederneiras irrespirável.

Outra travessia: agora para Cerqueira César, a cidade que guarda a nostalgia dos trens de ferro. Desativaram a malha ferroviária do estado de São Paulo, tão eficiente no passado. A forma que os políticos encontraram para estimular a indústria de automóvel foi acabar com os trens. Do mesmo jeito que desflorestaram a serra da Mantiqueira para a criação de gado, o que se revelou pouco lucrativo, por causa do relevo da serra.

Em Cerqueira César, a biblioteca funciona numa antiga estação. Pessoas entram e saem da casa de livros, como se estivessem em suas próprias casas. Converso com alunos sobre literatura e o encantamento faz com que esqueçamos as horas. Um rapaz se equilibra no skate, num desafio à lógica da física. Os relógios parecem arruinados nesse Brasil distante. Apenas a literatura e os livros nos ligam ao mundo.

No dia seguinte, retorno a Botucatu, onde alunos me esperam para mais conversas sobre literatura. Precisamos conquistar leitores para o objeto livro, esse que dizem ameaçado de morte, com os dias contados. Em Cerquilho, fazemos a última parada da viagem em torno de bibliotecas. Como os mágicos que retiram coelhos da cartola, inventamos novas fórmulas de ganhar leitores. Elas lembram os recursos dos antigos narradores ambulantes, os que perambulavam pelas casas contando histórias e encantando. Desejamos o mesmo que eles: encantar e educar.

Vou morar na Europa e ser famoso

"Não seria o escritor que sou sem os anos que vivi na Europa. Felizmente a vida me premiou convertendo-me num cidadão do mundo."

Foi o escritor peruano Mario Vargas Llosa quem afirmou isso, e não eu. Estou no reduzido número de escritores que nunca moraram fora do seu país, uma moda crescente nos dias atuais.

As duas frases de Llosa não podem ser lidas separadas. Quando ele afirma que se não tivesse vivido na Europa não seria o escritor que é, ele não garante se é um bom ou mau escritor. Diz apenas que por felicidade foi premiado e converteu-se num cidadão do mundo. A segunda frase é consecutiva à primeira, e por isso concluímos que foi graças a ter morado na Europa que Mario Vargas Llosa tornou-se um bom ou mau escritor, e um cidadão do mundo.

Llosa também não afirma que quem não nasceu ou morou na Europa não será um cidadão do mundo. Mas torna claro que para ele, um peruano, a cidadania e o livre trânsito pelo mundo se deram porque ele reside na Europa. Em vinte e três palavras, Vargas Llosa deixa transparecer as dificuldades dos intelectuais da América do Sul em relação aos seus países de origem e suas culturas.

O escritor argentino Julio Cortázar morou na França e se naturalizou francês, levando muitos intelectuais a protestarem contra essa deserção. Em meio ao terror das ditaduras militares do nosso continente, existia a crença numa cultura latino-americana, um ideário que recusava a supremacia dos padrões europeus. O também argentino Jorge Luis Borges foi inclemente ao negar qualquer contribuição de negros e índios na literatura argentina. Borges era um viajante, morou na Suíça e na Espanha, deu conferências e aulas no restante do mundo. Para aumentar a lista dos que viveram fora da América do Sul, lembramos García Márquez e Pablo Neruda.

Será mesmo necessária a permanência fora de casa, para um escritor construir sua obra? O poeta americano Walt Whitman, autor de *Folhas de Relva*, nunca morou longe dos Estados Unidos. Em 1855, ele escreveu no prefácio da primeira edição das suas *Folhas*: "A prova de um poeta será que seu país o absorva tão afeiçoadamente quanto ele o absorveu."

Todos lembram a repetida afirmação de que o poeta para cantar o mundo deve primeiro cantar sua aldeia. O projeto de Whitman era cantar a América do Norte e sua gente. Terminou cantando todos os homens do planeta, "a terra e o mar, os animais, peixes e pássaros, o céu do firmamento e os orbes, as florestas, montanhas e rios..." porque acreditava num poeta ideal "capaz de incorporar a grandeza, estranheza e diversidade de seu país, de sua gente, de sua natureza". Whitman, segundo outro poeta, tomou a infinita decisão de escrever um livro que fosse todos os livros, e o fez na perspectiva da América do Norte em expansão, pois acreditava firmemente que a matéria da poesia era para todas as pessoas, e não para poucos sábios. E até mesmo nos indivíduos mais simples e analfabetos foi capaz de reconhecer um frescor e uma inconsciência indescritíveis, capaz de humilhar e ridicularizar o poder do gênio mais nobre e expressivo.

Vargas Llosa, talvez sem pressentir, toca na questão dos países pobres, com pouco acesso aos bens de cultura, mesmo em tempos globais. Será possível construir uma obra significativa, sem orbitar pelo planeta, como o fizeram Machado de Assis, Graciliano Ramos e Carlos Drummond de Andrade? Todas as experiências do homem são de algum modo análogas, esteja onde estiver.

Num ensaio sobre a narrativa oral, o filósofo alemão Walter Benjamin classifica os narradores em viajantes e sedentários. Os primeiros percorriam o mundo e contavam suas histórias quando retornavam para casa. Os segundos ouviam os relatos e, depois de remoê-los como os ruminantes, contavam-nos para outros ouvintes, adaptando-os à realidade local. Dessa maneira os conhecimentos se difundiam, viravam patrimônio de todos.

A oralidade virou escrita, que virou cinema, que virou televisão, que virou internet, que virou..., que virou... As mil e uma noites árabes aconteceram no sertão nordestino? Ou foram os Irmãos Grimm que coletaram as suas histórias nas noites sertanejas? Já não é possível responder, tão permeáveis se tornaram as fronteiras. A ponto de eu poder afirmar:

— Felizmente, a vida me premiou com tantas informações que, mesmo não tendo vivido na Europa, me converti num cidadão do mundo.

E a cidade de São Francisco nem tremeu

A polícia americana suspeitou de algo estranho dentro da minha bolsa de mão, quando eu passava pela vistoria no aeroporto de São Francisco, de volta ao Brasil. Todos os passageiros se descalçam, tiram os cintos, os casacos, e colocam em caixas plásticas, junto com aparelhos celulares, relógios, moedeiros, carteiras e pertences de mão. Como eu sabia o conteúdo de minha bolsa, fiquei tranquilo. Tentei ajudar o policial abrindo eu mesmo a bolsa, mas ele gritou ensandecido: "Don't touch! Don't touch!" Decidi continuar na minha e inventariar o que existia de mais explosivo e suspeito na bagagem, que não escapou ao raio X.

Após calçar luvas, o policial abriu o primeiro compartimento da bolsa, onde eu transportava o meu laptop, envolto em folhas de papel, para que não quebrasse. Esquecera de comprar uma embalagem adequada, e de última hora fiz o improviso. A cada invólucro desfeito, o rapaz louro assumia um ar perverso de detetive, imaginando, talvez, uma promoção no trabalho, caso o artefato fosse uma bomba. Mas era um inocente computador, essa máquina inventada e aperfeiçoada por eles mesmos, e que vende milhões em todo o mundo.

Nunca esquecerei os olhos do rapaz, sua expressão frustrada e medrosa quando levantou a tela do meu HP, abrindo-o. Correu os dedos pelo teclado, como se dissesse: mas é apenas isso?! E era apenas o mais típico produto americano. Mesmo assim ele não desistiu. Abriu a bolsa e passou dentro dela um círculo de papel filtro, uma provável película sensível a substâncias químicas ou radioativas. Em seguida, testou a película numa máquina leitora, que nada registrou. Voltou com a bolsa para o raio X e ela continuou suspeita, disparando um alarme.

Nesse tempo, eu fizera o inventário dos meus pertences: o passaporte, as passagens aéreas, uma carta do consulado, uma escova de dentes, o fio dental, um pente, uma carteira, um ensaio de Benedito Nunes sobre Guimarães Rosa, um livrinho com dois contos de Graciliano Ramos e um volume de *Raízes do Brasil*, de Sérgio Buarque de Holanda, que eu precisava reler durante a viagem. Certamente, não era o texto da página 106, afirmando que a contribuição brasileira para a civilização será de cordialidade, lhaneza no trato, hospitalidade e generosidade, o que o rapaz procurava.

Deixei o policial trabalhar em liberdade. Ele passou quantas películas quis por dentro dos compartimentos da bolsa, submeteu-a ao aparelho detector, voltou várias vezes ao raio X, sem resultado. Por último, despejou todos os meus pertences em cima de uma mesa e descobriu uma pequena máquina fotográfica em que eu registrara as belezas da Califórnia. Seria ela o bandido? Sem desculpar-se pelos estragos causados, sem se despedir, virou-me as costas e partiu, alheio ao meu sentimento de humilhação e revolta.

Não era somente eu, um brasileiro nordestino, de rosto semítico, que sofria o vexame. Cidadãos brancos americanos, de todas as idades, submetiam-se ao mesmo ritual. A maioria deles aceita os procedimentos sem protestar, pois acreditam que dessa maneira o Estado os protege de atentados terroristas e garante uma nação inviolável. Em quase todos os lugares públicos, principalmente nos metrôs, cartazes alertam sobre objetos suspeitos, bolsas como a minha.

São Francisco é uma cidade linda e charmosa, totalmente reconstruída depois do terremoto de 1906. Foi um dos berços da contracultura e do movimento hippie, mas sobraram poucos vestígios desse tempo. Visível mesmo é a força do capitalismo. Da juventude que protestava contra a guerra no Vietnã na Universidade de Berkeley, onde fiquei como escritor residente, restam uns poucos velhos decadentes, vagando pelas ruas. Eles parecem caricaturas de um tempo, imagens exóticas para as lentes dos turistas.

Até desejei registrar um pedinte que lia Platão, sentado numa calçada, enquanto os transeuntes atiravam moedas num copo de plástico. Senti vergonha de deixar minha esmola. Na década de sessenta, eu também acreditava que pela força do protesto e pela busca de um novo modelo de vida o capitalismo seria arranhado.

Não foi.

Fazer o quê?

Esperar o próximo tremor de terra em São Francisco?

Paris é um sonho

Quando soube que eu viajaria a Paris, um amigo se apressou em mandar uma lista de lugares que eu não poderia deixar de visitar: Ile de la Cité, Notre-Dame, os Halles, Centre Pompidou, Hôtel de Ville, o Marais, Rive Droite, uma infinidade de endereços turísticos. Escolhi alguns nomes ao acaso e anotei-os na agenda. Na entrada do hotel, dezenas de folhetos indicavam outros passeios, viagens de barco pelo rio Sena, excursões ao interior, casas noturnas, restaurantes, bistrôs, shows, museus, teatros etc. e mais etc., muito mais, um verdadeiro massacre.

Embora as leituras do americano Joseph Campbell me convencessem a preferir a catedral de Chartres à de Notre-Dame, escolhi a segunda porque ficava a apenas quarenta minutos do hotel, caminhando debaixo de uma chuva fina, num frio de quatro graus, sábado à tarde. Avistei a igreja de longe, com suas torres altíssimas, construídas com a intenção de tornar o homem bem pequeno, infinitamente menor do que Deus. A arquitetura gótica da catedral assusta mais que as gárgulas que a rodeiam para afastar os demônios.

Molhado e com frio, esperei numa longa fila a oportunidade de entrar e acolher-me na Casa de Deus. Pensei nas igrejas barrocas do Recife com suas paredes caiadas de branco, os tons azul, vermelho e ocre, em meio ao ouro dos altares. O mais apavorante em Notre-Dame é a pequenez a que somos reduzidos ao entrar na construção desproporcional, um templo sem acolhimento ou paz, com a frieza da pedra, a sisudez do negro e do cinza, que nem os vitrais coloridos conseguem disfarçar. Tudo é monstruosamente aumentado e o sentimento que nos provoca é de esmagamento e terror. Essa mesma monumentalidade se repetirá por toda Paris, sobrepondo-se ao monótono charme dos edifícios pintados nos tons de ocre, cinza e rosa desbotado.

A onda de visitantes me arrasta por naus, capelas e altares. Resguardados por cordas, alguns fiéis tentam concentrar-se numa missa, enquanto máquinas fotográficas iluminam a escuridão da igreja com o relâmpago fugaz de seus flashes. Não consigo imaginar uma outra função para aquele templo supostamente sagrado que a de expressar o poder da Igreja Católica, assim como foram expressões do poder da monarquia e do império o palácio do Louvre, Versalhes e o arco do Triunfo.

Notre-Dame é um museu da Igreja Católica, como são museus quase todas as igrejas da Europa. Elas sobrevivem do comércio de velas e lembranças devotas, que os turistas compram menos por fé do que pelo ato social de acender uma vela na Notre-Dame de Paris e levar um escapulário para uma tia beata. As igrejas são prédios construídos por arquitetos, artesãos, pedreiros, pintores, entalhadores, marceneiros, artistas de muitos ofícios. Nelas, o que hoje se reverencia é a permanência da obra desses artistas, e muito pouco a presença de Deus.

Felizmente, logo atrás da Notre-Dame, existem sorveterias com os sabores mais extravagantes. Tomei um que se chamava paixão selvagem. Era delicioso, um lampejo de sabor, como o dos milhões de flashes que pipocam a cada segundo em Paris, nos obrigando a repetir o chavão de que Paris é um sonho, mesmo com o seu gótico humilhante.

O artista e seu legado

A Ponte Carlos, em Praga, lembra a cidade de Olinda num domingo de carnaval. As pessoas mal conseguem caminhar, tamanha é a quantidade de turistas, principalmente italianos. Um euro vale vinte e cinco coroas tchecas, o que torna Praga muito atraente para os europeus dos países ricos. Escutamos as vozes dos guias, amplificadas por microfones amadores, numa verdadeira Babel de idiomas. Desenhistas trabalham em caricaturas, grupos musicais se apresentam com repertórios de jazz e blues.

Em vários locais da cidade recebi folhetos de propaganda, convites para uma visita à casa de Franz Kafka. Não estive na residência do escritor, mas almocei um excelente pato com beterrabas e comi torta de maçã no Café Savoy, onde ele costumava passar as tardes, segundo dezenas de outros panfletos que distribuem por toda Praga.

Estranhei esse culto a Kafka, um autor pouco lido enquanto viveu e que continua sem muitos leitores nos dias atuais. Os apreciadores de Kafka não fazem parte da massa de turistas nas filas, pagando ingresso para olhar a mesa em que ele escrevia seus textos, alguns propositalmente deformados. As pessoas que se agitam pelos cômodos da casa do autor de *A Metamorfose* parecem com o personagem Gregor Samsa transformado em barata. Elas certamente desconhecem que Kafka representou de forma contundente a modernidade e o aniquilamento do homem pela burocracia. As engrenagens do turismo moderno lembram essa burocracia.

Chama atenção na Europa o exagerado culto aos artistas, mesmo na França, onde proliferam livrarias a cada esquina, as pessoas leem em todos os lugares, e há incontáveis salas de cinema. Esse culto faz parte de uma indústria para arrecadar dinheiro e é mais fácil de ser percebido nos museus superlotados de visitantes. A adoração às imagens criadas pelos pintores é a mesma adoração que se fazia às imagens dos santos nas igrejas católicas. Mudaram apenas os autores dos milagres.

Na cidadezinha de Auvers-sur-Oise, visitei o túmulo de Vincent van Gogh. Às sete horas de uma tarde em que o sol continuaria claro até as nove e meia, os dois portões do cemitério estavam escancarados e não havia ninguém cobrando ingressos, o que é bem estranho na França. Do lado esquerdo, junto ao muro externo, duas sepulturas simples, cobertas por uma erva barata. Numa lápide de pedra, o nome do pintor hoje famoso, e as datas de nascimento e morte. Ao lado, Theo, que morreu poucos meses depois do suicídio de Vincent e que foi trazido mais tarde para junto do irmão que ele tanto amava e protegeu.

Tamanha simplicidade, tamanho silêncio e solidão contrastam com a turbulência e a criatividade, o gênio e a loucura de Vincent van Gogh. Mas estão em perfeita harmonia com sua vida de pintor sem fama, que nada vendeu do que produziu e que se mantinha graças à generosidade de Theo. O extenso campo em frente ao cemitério já não é de trigo; é de mostarda com flores amarelas, o amarelo que se repete obsessivamente na obra de Van Gogh. Em meio às flores, bem ao longe, corre uma jovem ginasta. Tudo é tão expressivo e bonito que penso em acordar Vincent, para que ele pinte a alegria que sinto.

    Dias depois, reencontro Van Gogh no seu museu em Amsterdã. Durante seis horas contemplo os mais de duzentos quadros da coleção. Numa loja, vendem reproduções, agendas, camisas, canetas, cadernos, livros, marcadores, leques, sombrinhas, pratos, copos, todos os objetos em que é possível reproduzir uma pintura do artista. É um rendoso comércio, ajuda a manter a instituição, faz circular o dinheiro que Vincent nunca imaginou que sua arte produziria. Ele que experimentava novas formas de pintar e escrevia ao irmão falando das esperanças de conseguir vender pelo menos um quadro.

    Franz Kafka e Vincent van Gogh são dois símbolos do fracasso e do êxito, de artistas incompreendidos no tempo em que viveram e só bem mais tarde transformados em gênios ou enigmas da modernidade que anunciaram.

E mesmo assim continuamos escrevendo

É possível que de tanto repeti-la eu já tenha me apropriado da história de Lao Tse e contado como se fosse minha. Freud se refere a essas apropriações, no *Livro dos Sonhos*. Ele escreve que uma paciente sua relatou durante uma sessão de psicanálise a história que ouvira de um amigo e, ao narrá-la, o fez como se falasse de si mesma. Freud escutou, elaborou e também passou a contar a história como se fosse dele.

Dizem que o chinês Lao Tse, que viveu no século VI antes de Cristo, abandonou a vida na corte quando completou 40 anos de idade. Recolheu-se à floresta até os 80 anos e nesse tempo de ascese e meditação escreveu o *Tao Te King*, livro que é a base do pensamento e da educação chinesa, junto com as obras do filósofo Confúcio. Lao Tse, fiel ao taoismo que ensina que pelo não agir tudo é agido, entregou o seu manuscrito a um guarda de fronteira, nada falou sobre ele, nada recomendou, e foi embora. Por conta desse misterioso não fazer ou não interferir, que tudo realiza e resolve, o livro cumpriu seu destino, virou ensinamento para milhões de pessoas e chegou até nós.

O contista mineiro Francisco Mendes, quando lhe narrei a lenda, perguntou-me quem é o nosso guarda de fronteira. A quem nós entregaremos os manuscritos ao abandonarmos a floresta? Eis a metáfora: *Porque ninguém mais enche de silêncio o coração e contempla isento de desejos o incessante vaivém do mundo.* O escritor busca comunicar-se com seu público: uns de forma serena; outros, desvairados. Correm atrás de quem os leia, ou escute, ou aplauda. Ao mesmo tempo em que precisa do exercício silencioso da criação, de estar sozinho trabalhando, o mundo cobra cada dia mais que ele chegue ao limite de sua resistência, cumprindo uma maratona de conferências, entrevistas e artigos, numa exposição do corpo e da alma para ser visto, lido, cortejado. Já não existem florestas, nem guardas. Poucos sobrevivem ao enigma moderno da esfinge: preserva-te e serás esquecido ou expõe-te e serás devorado.

O prazeroso ou atormentado exercício da escrita tem pouco a ver com o giro pelo mundo, à cata de leitores. Pouco a ver com a caça aos prêmios. *São nuvens de palavras / meu tormento. / O peito em desejo, / sempre aberto*: / *fogo estranho que reluz / na noite escura / de São João da Cruz. / Nuvens: / rebanho de pensamentos. / Sopra do céu um vago lamento, / como um risco de luz, / na noite escura / de São João da Cruz.** Escreveu o poeta Everardo Norões, que escolheu o exílio dentro da poesia.

Os artistas que não assinaram suas obras, anônimos sem temor ao esquecimento, se ergueram às alturas sem desejos e encheram de silêncio o coração. Talvez esses, talvez, tenham conhecido a alegria de criar pela mesma razão por que respiram, pulsam e amam. Criar para viver e viver para criar. E só. E tanto. *Rolar dentro de si / como a pedra no poço. / Do arco do corpo / desencadear o sopro. / Avistar / onde o olhar não alcança*: / *ler os passos de Deus / dentro da dança.* Também escreveu Everardo Norões, de dentro do seu exílio.*

Buscar uma medida exata do que significa a criação na arte. Há diferenças no fazer e no criar? Ou tudo é um mesmo esquecimento de si? O artista popular Raimundo Aniceto, da Banda Cabaçal dos Irmãos Aniceto, do Crato, no Ceará, deu-me uma lição que nunca esqueci. Fui visitá-lo numa véspera da festa de Santo Antonio. Ele se arrumava para a noite que passaria sem dormir, tocando e dançando. A esposa cozinhava o jantar e o olhava de vez em quando, enternecida. Eu fazia perguntas sobre a música que ele tocava, sobre a dança, a história da banda. Vasculhava lá dentro dele para descobrir as pistas de um gênio do povo. Acredito que os meus elogios e as perguntas o incomodavam. Raimundo parecia indiferente à personificação do artista que eu traçava para ele.

De repente, levantou-se da cadeira, me chamou, e eu acompanhei-o até um quarto de porta fechada. Ele abriu a porta e mostrou-me o interior do cômodo. Não compreendi. Pensei que me mostraria alguns instrumentos raros, que confeccionara e tocava. Não. Ele apontou sacos de arroz, feijão e milho empilhados uns sobre os outros.

— Eu plantei e colhi tudo isso — falou-me, sorridente.

Bela lição que jamais esqueci. Todos os ofícios são sagrados e o escritor não é mais que o padeiro, nem o carpinteiro, nem o pintor de paredes. Deus não prefere o músico ao pescador, como preferiu o Abel que pastorava ovelhas ao Caim que cultivava a terra. *O sábio tudo realiza e nada considera seu; tudo faz e não se apega à sua obra*, escreveu Lao Tse, que talvez por isso tenha deixado os originais nas mãos de um desconhecido, sem importar-se com o destino que tomariam. O guarda não era um editor renomado, não programou lançamento, não traçou planos de mídia, não inscreveu o livro em concursos literários. E mesmo assim o livro fez carreira, vive há dois mil e seiscentos anos.

Mas isso é uma lenda e não existem guardas de fronteira como os antigos. O poeta busca a medida entre o ato solitário da criação e o mundo que o ignora ou traga.

Dessoletro-me sozinho
Neste canto de sala.
O vulto vem e espreita.
Mais nada...*

---

* Everardo Norões, no livro *A Rua do Padre Inglês*.

Estamos partindo, estão chegando

O garçom que me serviu num restaurante chinês, em São Paulo, era cearense de Sobral. Quando falei de minha origem, ele trouxe um colega cearense de Saboeiro para me apresentar. À noite, numa cantina italiana, fui atendido por dois cearenses de Jericoacoara. No almoço do dia anterior, num self-service da Paulista, os garçons também cearenses haviam nascido em Tauá e Mombaça.

Não posso concluir que todos os garçons de São Paulo são cearenses, nem que todos os cearenses que moram em São Paulo são garçons. No máximo, suponho que existem muitos cearenses em São Paulo e vários deles são garçons. Eles falam com nostalgia da terra onde nasceram, pensam em retornar de férias, mas param a conversa por aí. Recordam a paçoca e a rapadura, mas já se acostumaram ao ravióli, ao sushi e ao yakisoba.

Talvez o traço mais desenvolvido nos cearenses seja a capacidade de adaptação. Será que somos mesmo um povo nômade, que gosta de migrar? Isso até se tornou lenda, e somos frequentemente comparados aos judeus. Mas os judeus muitas vezes deixaram a terra de origem na marra, levados para algum cativeiro. Que estranha força nos empurra para longe? Talvez a carência; quem sabe, uma falta de tudo. Caí no terreno arenoso da psicanálise. Todo indivíduo busca preencher essa falta, do mesmo jeito que se aterram buracos. Os cearenses vão atrás do que não existe no Ceará, como os turcos, os romenos, os ucranianos, os armênios e os africanos: a subsistência.

O Ceará é o melhor lugar do mundo, no coração do cearense. Os olhos enchem de lágrimas se relembra os verdes mares bravios, as jangadas, o entardecer sertanejo. Mas voltar pras origens, no sério, de verdade, poucos cearenses desejam. Habituam-se à terra longínqua, aos costumes novos, aos sabores exóticos. Acham melhor aquietarem-se. Carregam na alma sertaneja a secura do deserto, a areia e o vento. É bastante.

O solo praieiro cearense ondula, por causa das dunas móveis. Pedro Nava, um escritor mineiro com ascendência cearense do lado paterno e materno, fala dessas impressões no livro *Baú de Ossos*. Caminhando na Praça de São Marco, em Veneza, sentiu uma insegurança ao pisar, uma leve tontura, como se o chão fizesse curvas. Lembrou a infância em Fortaleza, o mesmo temor em dar os passos. Veneza flutua sobre ondas marítimas, o Ceará flutua sobre areias de deserto. O vento Siroco atravessa Veneza, o Aracati arrepia as areias do Ceará.

O Aracati é o vento que vai embora por derradeiro, no belíssimo poema do pernambucano Joaquim Cardozo, *Congresso Internacional dos Ventos*:

"O último que se pôs a caminho foi o vento Aracati:
— Cortou uns talos de chuva
Com eles fez uma flauta
E se foi, tocando e dançando,
E se foi pela estrada de Goiana."

Móvel o vento, móveis as areias, gente móvel. O cearense, igualzinho à areia que o vento carrega, se põe em rebuliço e parte. Nem olha para trás, teme virar estátua de sal. Na areia frouxa do chão nada se sustenta, nenhum edifício dura. Como podem crescer árvores de gente, na areia frouxa? Voam para longe as sementes e os frutos. Os retirantes já não sabem de que lado do planeta fica a terra deixada para trás. Nem que rumo tomem, se quiserem voltar. Exilam-se do Ceará real, transformando-o em imaginário, devaneio ou paisagem de lembrança.

Quem está sempre pelo Ceará, com negócios prósperos, são outros: portugueses, espanhóis e italianos, gente que gosta de sol, de praia, de investimentos de risco. Uma nova colonização em tempos globalizados? Ao nosso modo cearense transpomos oceanos e fronteiras e também colonizamos Portugal, Espanha e Itália. Comemos baião de dois em piquenique no Bois de Boulogne, falando do Ceará como se ele existisse de verdade.

O santo brasileiro

Proclamado santo pelo povo nordestino, o Padre Cícero Romão Batista, Padim Ciço, como é chamado pelos romeiros que visitam a cidade de Juazeiro do Norte, no Ceará, ainda não teve a santidade reconhecida pela Igreja Católica. O bispado cearense e o Vaticano cometeram muitos erros no julgamento dos milagres de Juazeiro, ocorridos no final do século dezenove, quando Cícero começou seu apostolado na vila que pertencia ao Crato. Agora, tentam rever velhos processos, de olho nos fiéis seguidores do Padim.

Para os devotos de Cícero, a Santíssima Trindade é composta por Ele, Nossa Senhora das Dores e o Divino Espírito Santo. Ficam de fora O Pai — Iavé — e O Filho — Jesus Cristo. A religiosidade popular engendrou uma teologia própria, um culto em que a figura principal é o Padre. Os santos do panteão católico também são reconhecidos e adorados, mas nenhum supera o Padrinho. Como em todas as mitologias, existe um Cícero histórico e outro criado pela mente fértil dos sertanejos.

Padre Cícero era um dissidente da ortodoxia romana e o culto que lhe prestavam poderia ser considerado herético, como muitas heresias da Idade Média. Quando ele morreu, tinha as ordens suspensas, o que significa que não celebrava missa nem pregava, não ministrava a comunhão, nem confessava os fiéis. A Igreja Católica que hoje tenta se aproximar dos seus milhões de adoradores, na maioria gente pobre, no passado fez tudo para afastá-lo de sua hierarquia.

Enquanto os processos de canonização se arrastam por falta de milagres, a perseguição ao Padre Cícero se deu justamente por causa de um milagre, que foi posto em dúvida. No primeiro dia de março de 1889, após receber a comunhão na capela de Juazeiro, a devota Maria de Araújo caiu por terra e a hóstia branca que acabava de receber tinguiu-se de sangue. O fato extraordinário repetiu-se por dois meses, às quartas e sextas-feiras da Quaresma. Aclamado por alguns e negado por outros, o milagre é o início da carreira do Padre Cícero e a projeção de Juazeiro como centro em que proliferavam ideais regionais e nacionalistas. A fé religiosa nascente vai de encontro a um movimento surgido em Roma, que tentava substituir o catolicismo colonial do Brasil pelo catolicismo universalista de Roma, com toda a rigidez hierárquica, moral e doutrinária que tal transição implicava.

Julgado como embuste, o processo foi levado ao Vaticano e o padre punido. Embora tenha se projetado na política nacional e exercido o cargo de prefeito de Juazeiro, Padre Cícero ocupou-se de forma obsessiva com seu principal interesse: reaver o exercício das ordens eclesiásticas. Até sua morte, em 1934, não conseguiu o que desejava. Por um curto período de dois anos, o bispo D. Quintino, da cidade do Crato, permitiu que celebrasse missas, mas logo voltou a proibir o exercício sacerdotal.

De nada valeu a postura rígida do clero brasileiro. Milhões de peregrinos visitam todos os anos a chamada Roma Nordestina ou Cidade Santa de Juazeiro do Norte. A pé, a cavalo, em caminhões pau de arara, de ônibus ou avião, não para de chegar devoto. Vão aos lugares sagrados e pagam promessas. As casas de milagres não comportam os ex-votos trazidos como testemunho das graças alcançadas.

Santo proclamado pelo povo, o Padre Cícero continua um transgressor. A burocracia do Vaticano é emperrada. Será necessário que suas ordens sejam restabelecidas, mesmo depois de morto, para que o considerem novamente padre. Em seguida, assumirá o posto de "servo de Deus", depois "venerável", noutra etapa "beato", para finalmente chegar a santo. Um longo e custoso processo.

Enquanto a burocracia vaticana emperra, o povo louva o Padre Cícero e celebra seus milagres. E o estima acima de todos os santos do panteão católico. A veneração é tanta que um artesão popular, fabricante de imagens de santo em argila, e que precisa botá-las para queimar, não aceita colocar o Padre dentro do forno:

— Queimar meu Padim? Deus me livre! Queimo nada! Posso queimar Santo Antonio, Santo Expedito, São Sebastião... Mas meu Padim eu não queimo. Sou doido, não!

A escrita e os modismos

Os contistas da nova geração abominam a narrativa tradicional, aquela que tem começo, meio e fim. Eles desprezam contar uma história. Há um gosto pelo conto sem enredo e pelas narrativas curtas. Alguns contos são tão pequenos que parecem um haicai, uma forma de poesia japonesa, composta de apenas três versos. Muitas vezes esses minicontos lembram um recorte de uma notícia de jornal ou revista, feito ao acaso.

Quantas histórias da tradição oral estariam perdidas, se nossos antepassados, homens comuns, tivessem esse mesmo desprezo pelas narrativas clássicas. Não sobraria um único conto das *Mil e Uma Noites*. Os enredos, considerados longos e rebuscados, arderiam no fogo da censura pós-moderna.

As modas literárias têm algo de fundamentalista. Na minha adolescência, no tempo da ditadura militar, quando o jornal carioca *O Pasquim* dizia o que os jovens podiam ler e ouvir, promovia-se uma verdadeira guerra santa contra Machado de Assis. Lembro de um número com a foto da estátua de Machado e alguns comentários grosseiros.

Eu, que só lera escritores clássicos e aprendera na escola que Machado de Assis era o maior nome da literatura brasileira, passei anos sem abrir a boca e dar minha opinião a respeito, com medo de "estar por fora". Tudo o que falávamos devia ser válido, lúcido e inserido no contexto, palavras de ordem naquele tempo.

Se eu dissesse que apreciava Machado, poderia figurar na "antidica" do jornal, um espaço na primeira página em que eles proclamavam o que era bom e ruim. Para um jornal que combatia a censura, *O Pasquim* também possuía suas formas de censurar. Jornalistas famosos dessa época, sobretudo alguns que escreviam textos ilegíveis, caíram no esquecimento. O mais saboroso nos modismos é que eles passam, e cada vez mais rápido. Hoje, posso ler Machado sem nenhuma culpa, mesmo que eu não goste dele.

Aprecio narrativas longas, com tramas bem-elaboradas. E também gosto dos contos do escritor russo Tchekhov, construídos sobre uma impressão, um flash ligeiro. Na verdade, eu amo a boa literatura, seja de que tempo for. O grego Sófocles não teria escrito o *Édipo Rei* sem aquele enredo de filme policial. A peça narra que um crime havia sido cometido e era necessário investigá-lo. No final, o investigador descobre que ele próprio cometera o crime. O dramaturgo inglês William Shakespeare não desprezava as narrativas tradicionais e buscava nelas os enredos para o seu teatro, reescrevendo peças já existentes.

Ouvi de uma mulher bem simples, no interior de Pernambuco, um relato que me impressionou bastante. As histórias de tradição oral são patrimônio de todos os povos e se repetem de forma quase igual em várias partes do mundo. Adaptam-se à linguagem e aos costumes de cada povo: se transmitem, se transformam e se guardam.

A história era a seguinte:

Um fazendeiro rico tinha três filhas. Um dia, ele decidiu dividir suas terras entre as filhas e correr o mundo. A cada ano moraria na casa de uma delas até morrer. Desejando saber o quanto as filhas o amavam, pediu à mais velha que falasse do seu amor. A moça disse que o amava tanto quanto à luz do sol e ele ficou satisfeito. A segunda disse que o amava tanto quanto à luz da lua e ele ficou igualmente satisfeito. A mais nova olhou o pai e disse simplesmente amá-lo como o sal dos alimentos. O velho pai achou pouco esse amor e ficou indignado. Dividiu as riquezas entre as duas filhas mais velhas e expulsou a mais nova de casa. Em seguida, despediu-se das herdeiras e partiu para o mundo. Quando retornou, um ano depois, buscou abrigo nas casas das filhas eleitas e elas deram com a porta no seu rosto. Humilhado, vagou feito mendigo, vivendo da caridade alheia. Depois de muito vagar, foi pedir pouso e comida numa casa, cuja dona ele não reconheceu. Era sua filha mais nova, que sem se dar a conhecer recebeu-o como um hóspede ilustre. Ela convidou o pai para sentar à mesa, ao lado do marido. Antes, ordenou à cozinheira para não botar sal em nenhum dos alimentos. Na hora da refeição, apesar da fome, o velho pai comeu muito pouco. Quando a anfitriã perguntou se ele não havia gostado da comida, ele respondeu que sentira falta do que dá sabor à vida: o sal. A filha deu-se a conhecer e o pai ficou ao seu lado até o fim dos seus dias.

Nessa narrativa simples, de final feliz e exemplar, estão presentes os mesmos temas da peça *Rei Lear*, de Shakespeare. Será que o grande dramaturgo ouviu um relato semelhante? Ninguém saberá responder. Afirmam que só existem sete histórias no repertório universal e que os narradores não fazem mais do que criar variantes para elas. É possível. Como na confissão de amor das três filhas, há verdades e falsidades. O tempo conserva o que é verdadeiro e durável. Do mesmo modo, as narrativas verdadeiras se guardam, independente do tamanho que possam ter.

Machado, Machado, Machado...

Muitos escreveram sobre Machado de Assis no aniversário de cem anos de sua morte. São inumeráveis os ensaios críticos, as teses de mestrado e doutorado, os estudos de personagens. Onde é possível iluminar um texto com uma nova luz, esmiuçar uma frase que passara despercebida, aproximar a lente de um enigma mal decifrado surgem estudiosos dispostos a fazê-lo. Nada escapa ao interesse deles: nem a poesia de qualidade pouco reconhecida nem o teatro pouco encenado. Quem investiga Machado alega que mesmo a produção de qualidade duvidosa ajuda na compreensão do mestre e de sua obra da maturidade.

No rastro da comemoração, vários autores reescreveram textos de Machado, publicados em três livros. Essa polissemia demonstra a força e a atualidade da obra machadiana, seu poder de multiplicar-se em novos livros, filmes, especiais de televisão e revistas em quadrinhos. Machado está mais vivo do que nunca; virou unanimidade brasileira, um cânone internacional. Mas nem sempre foi assim. Celebrado enquanto vivo, ele foi execrado pelos modernistas de 22, que renegaram quase tudo o que fora produzido nas artes nacionais, antes deles. Considerado artificioso, sem vida e fora da realidade cotidiana pelos modernos, demorou muito para que esses conceitos fossem revistos, o que aconteceria a partir da década de 70, com alguns ensaios que apontam para a dimensão histórica da obra do Mestre.

Dos estudos literários passaram às especulações e já foram pela vida íntima do autor, suas possíveis façanhas amorosas, até mesmo com a esposa do amigo romancista José de Alencar. Alguns jornais insistiram nessa cor marrom em suas efemérides. Nenhum investigou a fundo um quesito fundamental: descobrir quem lê Machado de Assis nos tempos atuais, por deleite e escolha, fora do ofício da crítica e da academia ou por imposição nas escolas. Num país em que existem milhões de analfabetos, a investigação é pertinente.

Machado de Assis viveu num tempo em que a literatura no mundo tinha mais prestígio e alcance, não competia com outros meios de expressão artística como o cinema, a televisão e os grandes shows musicais. Não refiro o teatro e os concertos, sempre relacionados ao mundo literário da época. O modo de vida e os costumes favoreciam o ato solitário da leitura, num Brasil em que mais de oitenta por cento das pessoas habitavam o campo. As nossas cidades atuais convidam à dispersão e às atividades em grupo, sobretudo entre os jovens, que não consideram a leitura um prazer, lendo na maioria das vezes por obrigação ou tarefa de escola.

Para quem celebramos Machado de Assis, um escritor atual a ponto de se atribuir a ele a criação do moderno romance brasileiro? Para velhos ou novos leitores? Seria frustrante constatar que os fogos para o nosso Gênio resultam do labor acadêmico e que os leitores comuns, aqueles celebrados pela escritora inglesa Virginia Woolf, passam ao largo da obra machadiana. Muitos são até capazes de citá-lo de tanto ouvirem falar em Bentinho e Capitu, Quincas Borba e Brás Cubas, mas não vão além da superficialidade.

Supor que Machado não é lido tanto quanto merece ou desejamos põe em xeque o destino da literatura contemporânea brasileira com suas centenas de novos autores. A permanência de Machado deve ser avaliada em escritores surgidos após ele, que experimentam novas linguagens em romances, contos, novelas, consolidando uma literatura de valor universal, que busca leitores dentro e fora do Brasil. Não precisamos somente de um autor canônico de quem nos orgulhamos com ufanismo, do mesmo jeito que nos orgulhamos de um jogador de futebol ou de um campeão de Fórmula 1. Devemos ler e conhecer outros talentos brasileiros, na literatura.

A voz do livro

Nada melhor do que falar de livros, assunto controverso quando insistem no desprestígio da literatura, se comparada ao cinema e à televisão, ou mesmo à música popular. O valor de uma obra de arte, segundo as novas leis de mercado, se mede pelo número de vendas e alcance de público. O escritor contemporâneo está mais sujeito do que nunca ao gosto do leitor e já existe quem escreva, como nas novelas de televisão, orientado por pesquisas sobre assuntos e tendências da moda. Será que o sucesso diminui a liberdade do autor, interferindo na qualidade do que ele produz? Dostoievski teve grande êxito e nunca mudou o estilo. Escreveu romances sombrios — *Crime e Castigo*, *Os Irmãos Karamazov*, *Os Demônios* —, lidos e apreciados pelo grande público. Eram outros tempos. Kafka quase não publicou, não fez sucesso em vida, mas criou em absoluta liberdade.

Os gostos variam, e não é de agora que se prefere publicar quem venda bem. Mudam os leitores, as escolas, as modas, a ponto de nos parecer estranho que em algum tempo se interessaram pela poesia artificiosa do francês Racine e do espanhol Quevedo. Um poeta como o italiano Dante Alighieri, mergulhado no inferno da *Divina Comédia*, se consumindo e morrendo ao final da criação, é impensável nos tempos atuais. A imagem mais próxima desse artista seria a dos roqueiros drogados. Mas se aprofundarmos a comparação, divagaremos por outras estratosferas, escandalizando os puristas.

Os argentinos Ernesto Sabato e Jorge Luis Borges, em conversa com o jornalista Orlando Barone, se referem a escritores que escrevem para escritores e que atingem apenas o público especializado em literatura. O tcheco Franz Kafka, o irlandês James Joyce e o próprio Borges seriam desse time. Em contrapartida, existem os que chegam ao grande público, provocando a seguinte pergunta: é de melhor qualidade a literatura que agrada a muitos leitores ou a que alcança apenas um público especializado? E ainda: qual o valor da literatura que agrada tanto ao grande público como aos especialistas? Só o tempo responderá; ou talvez nunca responda.

Não podemos exigir o bom desempenho de vendas de um autor. Livros não são tubos de ketchup, maionese ou mostarda, por mais que a economia de mercado insista em considerá-los a mesma coisa. Livros são obras de arte e não peças publicitárias. Uma fábrica de cervejas pode exigir que a empresa de publicidade venda o seu produto. No caso de um livro, no máximo pode-se desejar que ele venda bem. Tratamos com outra medida de valor e grandeza. Nunca esqueçam que Van Gogh só vendeu um único quadro na vida. Numa entrevista concedida pouco antes de morrer, João Cabral de Melo Neto achava irrelevante a baixa vendagem de um livro seu. Pedia aos leitores que considerassem os movimentos e transformações que sua poesia era capaz de desencadear.

Se fosse possível contar o número de exemplares vendidos das *Folhas de Relva*, livro de poesia do americano Walt Whitman, desde sua publicação em 1855, chegaríamos a uma cifra insignificante, se comparada ao que vendeu algum best-seller da moda. No entanto, nenhuma obra foi tão revolucionária, provocou tantas mudanças de costumes. Ela antecedeu o feminismo, a luta contra o racismo, a liberdade sexual, para não ficar apenas na análise do valor poético. Whitman não pode ser avaliado apenas pelo seu livro, mas pelas transformações que as *Folhas de Relva* provocaram no mundo.

Apesar da fama alcançada, o *Dom Quixote* de Cervantes não é uma obra muito lida nos dias de hoje. Os tropeços de leitura se dão por conta dos verbalismos, dos longos e enfadonhos períodos e pelos arcaísmos da escrita. Mas o Quixote permanece atual como modelo do humano, de nossos sonhos e ridículos. Isso prova que os livros também sobrevivem através de seus personagens. Mesmo que a linguagem tenha se tornado anacrônica, Édipo, Medeia, Macbeth, Hamlet, Eneias, Madame Bovary, Natasha, Raskólnikov e Diadorim continuarão sempre vivos.

Miguel de Cervantes não inventou um quase idioma como James Joyce. Nem Machado de Assis reinventou o português como Guimarães Rosa. Alguns autores escrevem da forma menos artificiosa possível, e outros preferem transformar a língua num laboratório de experiências. A linguagem escrita possibilitou uma infinidade de combinações de palavras, desde os seus primeiros registros, e a cada dia ela se mistura a novas formas de arte. No ato solitário da leitura, quando escutamos a voz do autor, é como se ouvíssemos a nossa própria voz, e através dela recriássemos o que estava aparentemente sem vida.

A voz do livro não cala; silencia por tempos, se oculta, mas ressurge como o fogo da criação. Muitos livros se perderam, foram reencontrados e ganharam vida novamente, atestando a veracidade de sua voz. Para que o livro permaneça sempre vivo, é necessário que tenha sido escrito com o sopro do que é eterno. O que só o gênio, o acaso e o tempo lapidam.

Memória e bytes

No meio de uma conversa sobre poesia — coisa rara nos tempos de hoje —, tentei lembrar um poema de Tu Fu, poeta chinês da dinastia Thang, corajosamente traduzido por Cecília Meireles.

"Vinde! Em redor da minha casa canta um riacho alegre como a primavera.
Vereis talvez gaivotas, se o vento se levantar."

Não consegui ir além; a memória traiu-me. Prometi ao amigo que mandaria o poema por e-mail.

Para um grego antigo, eu acabara de cometer um sacrilégio, falhando no que era mais sublime para eles: a memória. É difícil ao homem contemporâneo imaginar um tempo em que os registros do saber se faziam por outros meios que não os símbolos da escrita e das imagens. Esse tempo ficou distante de nós. Há tantos recursos para substituir nossa armazenagem de conhecimento, que já não se soma dois mais dois sem o uso de uma calculadora.

A presença de armas e sacrifícios animais em túmulos do período Neandertal indicam que aquele homem distante já pensava sobre a morte. Só com os primeiros registros escritos, temos a certeza desse pensamento. Mas podemos arriscar um palpite de que os feitos da tribo eram guardados na memória e transmitidos de geração em geração. As inscrições rústicas encontradas nas cavernas são as primeiras tentativas de firmar essa memória.

A poesia chinesa da dinastia Thang descende de uma velhíssima poesia de tradição oral, compilada e fixada por Confúcio no *Che keng*. O *Ramayana*, livro clássico da tradição hindu, que narra a epopeia de Rama, foi guardado de memória durante séculos, até ser fixado na forma escrita pelos sacerdotes brâmanes. Antes, gerações de jovens se dedicavam, desde cedo, ao duro exercício de guardar algumas das suas muitas partes de cor, exercitando-se durante toda a vida. Para isto, perambulavam pelas aldeias e cidades, declamando as peripécias do Deus e, no tempo da velhice, iniciando novos jovens no mesmo ofício.

Falhei na memorização de umas poucas estrofes. Para desculpar-me, transcrevi no e-mail o poema que fala de coisas sem muito significado no nosso tempo: casa, aleias, regato, ninho de andorinhas... Enviei-o e o amigo não recebeu. Houve uma desconexão na hora da remessa e o poema extraviou-se. Fiz duas novas tentativas e a mensagem não chegou. Desisti frustrado, mas querendo saber a todo custo em que memória se guardaram os versos de Tu Fu.

Sou um narrador sedentário, como definiu Walter Benjamin. Os outros narradores, quando existiam, eram viajantes que, correndo o mundo, ouviam histórias contadas por homens como eles. Envelhecidos e cansados retornavam às suas pátrias, repetindo as histórias que ouviram. Elas se incorporavam à crônica local e enriqueciam o repertório dos sedentários, aqueles que no fundo de uma oficina — ferreiros, sapateiros, ourives... — tinham tempo e paciência para remoer e recontar o que ouviam.

A reflexão sobre a morte é própria das narrativas, sobretudo as mais antigas. Mas parece que ela foi banida do pensamento do homem moderno, que tenta de todas as maneiras esquecê-la. Não existem mais rituais que ensinem o homem a nascer e a morrer. Quando uma pessoa envelhece e adoece, a família a entrega aos cuidados dos médicos e dos hospitais. Se ela fica muito grave, vai para uma UTI, onde a família tem pouco acesso. E quando morre, é encaminhada dentro de um caixão para um velório, onde rapidamente se providencia o seu funeral.

O sentido de eternidade, próprio à narrativa, existe no universo virtual? Nele, se lida com a ideia de que a memória é exterior a nós, podendo ser reativada ou apagada, ao simples toque de botões. O homem contemporâneo negligencia a sua responsabilidade com a memória pessoal e coletiva. No mundo virtual a memória deixa de ser privada e passa a ser compartilhada, já que todos podem ter acesso a ela. Desaparece o mistério, os tortuosos labirintos, as possibilidades de o narrador preencher os vazios da falta com sua invenção e arte. A memória do computador é rígida, fixa, por mais avançado que ele seja. E faltam à máquina as qualidades de um contador de histórias: o olhar complacente, a boa voz, o bom sentimento.

Desisti de enviar o poema pelo correio eletrônico. Temi uma nova cilada, no estilo dos contos de Edgar Allan Poe. Numa tarde de ócio, memorizei os versos de Tu Fu. Quando, num dia qualquer, reencontrar meu amigo, poderei declamar as estrofes restantes:

"Como jamais recebo visitas, não mando varrer as aleias
do meu jardim. Pisareis num tapete de folhas.

Tereis de desculpar-me pelo modesto almoço que vos ofereço"...

Viva o partido encarnado!

A bandeira vermelha não tem a foice e o martelo dos comunistas, nem a estrela do partido dos trabalhadores. É um pano limpo, sem símbolos bordados, vermelho vivo, solar, indicando força impulsiva, Eros triunfante. Não possui legenda, é só bandeira vermelha. As pessoas dizem — Eu sou do vermelho, e pronto!

A bandeira azul nem parece deste mundo. Tremula celeste, eterna, sobre-humana. Acalma o olhar, sugerindo pureza, fuga do real. Não ostenta um único signo em sua trama, pano sem costuras, agitado pelo vento. Também não pertence a qualquer partido, revela apenas sua cor.

Rivais antigos, o vermelho e o azul se entrincheiram em campos diferentes. Vermelhos os mouros; azuis os cristãos. Puro e frio o azul; orgiástico e ardente o vermelho. O azul simboliza desapego; o vermelho, poder. Materno, o primeiro; paterno, o segundo. Zeus e Jeová descansam os pés sobre o azul-celeste; Dioniso molha as mãos no sangue vermelho do amante. Inimigas, as duas cores conciliam-se apenas quando um rei ou um santo os sobrepõe no manto. Mesmo assim, uma está por cima e a outra por baixo.

É justo que a gente do Nordeste lance mão desses símbolos ancestrais, nas disputas políticas. São tantos os partidos sem clareza nas ideologias. As cores se perpetuam imortais nos seus significados, transparentes no que representam, sem armadilhas ou ciladas, desde os tempos mais antigos, em todas as culturas. Os partidos políticos não: mostram-se cambiantes, fazem aliança com qualquer um, barganham, compram, vendem-se. Não se sabe o que eles são, representam ou defendem. Não estão no centro, nem à direita, nem à esquerda. Todos liberais, gentis e democratas, sem exceção. Até assumirem o poder.

Nem espanta a visão dos telhados das cidadezinhas pernambucanas, encimadas por bandeiras, lembrando tendas árabes a sitiarem algum castelo medieval. Nossa herança ibérica manifesta-se, nosso gênio belicoso, ávido por definição, assume-se vermelho ou azul, branco ou verde, amarelo ou preto. Não importa o candidato que representam essas cores, muitas vezes ancorado em até nove siglas de partidos diferentes.

As bandeiras dançam no alto das torres, nas garupas das motos, na copa das árvores, nas mãos das crianças, que mal aprenderam a balbuciar a palavra azul ou vermelho. Quando os lados contrários se insultam, os beligerantes não emitem os sons abstratos das siglas, feios e vazios de significado. Gritam os nomes das cores:

— Vermelho desgraçado!

— Vou quebrar teu orgulho, azul infeliz!

É assim que eles falam. E aos gritos de azul e vermelho se atacam a pedradas, porretes, com unhas, rachando cabeças, arrancando orelhas. Uma ferocidade sem ideologia, sem consciência política. No furor da disputa, que despacha dezenas para as emergências dos hospitais, não se escuta um único insulto às siglas partidárias. As siglas se diluíram em conchavos, em fisiologismo de feijoada, onde cabem todos os temperos. Os partidos não ganharam espaço na memória das pessoas, porque eles próprios não têm memória nem tradição. Sem coerência, seguem a enchente das marés.

As disputas lembram as brincadeiras dos pastoris, do ciclo natalino. Lá estão a Mestra do cordão encarnado, a Contramestra do azul, e a Diana, vestida com as duas cores, indecisa entre um lado e outro. Os políticos, matreiros e cavilosos, estão mais para o Velho, um palhaço que comanda a brincadeira.

— Viva o cordão vermelho! Quanto dão por um beijo na Mestra?
— Cinco reais!
— É pouco, mas vai para o meu bolso!

Os eleitores simples, apaixonados e parciais, hesitantes como a direção do vento, inclinam-se ora para o vermelho ora para o azul, para lá ou para cá, brigando pela cor do seu partido, morrendo pela Mestra ou Contramestra. Administrando essa fraqueza amorosa — a ignorância política dos torcedores —, o Velho palhaço, candidato ardiloso, recita uma loa, antes de a orquestra tocar:

Quem quiser que o Velho dance
dê-lhe um níquel de tostão,
o Velho fica contente,
faz das tripas coração.

Ingênuas, as pastorinhas cantam a jornada:
Nas vossas mãos, botamos nossa sorte...

O Velho esperto não está nem aí para a confiança das pastoras. Deixa que as cores se engalfinhem, enquanto a orquestra troa. E, quase sempre, foge com o apurado da noite para um paraíso fiscal no Caribe.

Cristo nasceu em Macujê

Aposto que vocês não conhecem Macujê. Nem sabem que é um distrito de Aliança, na Mata Norte de Pernambuco. Querem aprender como se chega lá? Passando por Timbaúba, entrando para Ferreiros e seguindo um caminho de doze quilômetros por dentro dos canaviais. A estrada é de barro, esburacada e poeirenta no verão, cheia de lama e atoleiros no inverno. A única paisagem é o canavial. Os olhos celebram uma árvore, quando aparece alguma, isolada e triste no meio dos pés de cana.

Macujê é um lugar aonde só se vai a negócio. E como há poucos negócios por lá, a não ser os da cana, quase ninguém visita Macujê. Também, pra fazer o quê? Se pelo menos ainda existisse uma boa reserva da nossa mata atlântica, com sua fauna e flora exuberantes... Porém botaram tudo a baixo. Não sobrou nada. Dois ou três hectares de mato estorricado, salpicados entre as canas, são nada para mim.

Nem pense em pescar em Macujê. O rio Capibaribe Mirim, aquele que inundou a periferia miserável da cidade de Goiana, transformou-

-se numa latrina. Antigamente, as pessoas viviam da pesca de peixes e camarões, as mulheres lavavam roupas nos remansos d'água, os meninos tomavam banho e contraíam esquistossomose. Agora, ninguém se arrisca sequer a molhar os pés.

Com todos esses defeitos, uma população pobre de três mil habitantes, a ausência de um restaurante onde se possa matar a fome, as casinhas feias, a igreja malconservada, o calor sufocante, Macujê passou para a minha vida como o lugar onde compreendi em definitivo o significado da palavra maus-tratos. Isto parece brincadeira, mas nunca escrevi tão sério e comovido.

Fui a Macujê pela primeira vez, trabalhar com alunos, professores e agentes comunitários numa campanha de arte-educação em saneamento básico e saúde. Como não existiam espaços disponíveis, ficamos na garagem de uma casa, instalados entre bancos velhos de ônibus, sucatas de carros, armários e mesas. Nenhum cenógrafo conceberia um lugar mais desconfortável e inadequado para uma oficina de interpretação. Um pouco abaixo do nosso local de trabalho, construíam uma estação de tratamento de esgotos. De dez em dez minutos subia um trator com sua pá carregada de barro, e no intervalo descia outro, vazio. A bomba d'água da casa, instalada na garagem, também precisava ser ligada. Os participantes, em torno de vinte e cinco, quase todos jovens, não faziam registro dessas interferências, que me deixavam nervoso e esgotado. Nem mesmo as pessoas olhando pelas janelas e pelo portão pareciam incomodá-los. Prevalecia o desejo de aprender algo novo.

A vila se agitava para um grande acontecimento. No final da tarde, no pátio da igreja, se apresentariam emboladores e artistas, representando esquetes com os temas da campanha de saúde. As pessoas pronunciavam "teatro" com todos os acentos mágicos da palavra. Às três horas, largados os afazeres, amontoavam-se numa plateia improvisada no comprido da rua. Às cinco, já sabiam que o carro que traria os artistas quebrara no caminho, perto de Recife. E que a televisão não faria a cobertura do evento, conforme prometido.

Tentamos alguns improvisos. Trouxeram caixas de som e dois microfones do local, que deformavam as vozes. Ninguém compreendia nada, por mais que gritássemos. Não havia fios de extensão, de modo que ficávamos presos à porta da igreja. Um passo à frente e tudo se desligava. Joguei os alunos da oficina no meio das pessoas. Na velocidade da luz, eu os promovi a atores. O meu assistente transformou-se em palhaço. Somente quando os titulares pisaram o palco, depois de duas horas de espera, cessou o clamor dos frustrados e escutaram-se aplausos.

Às oito horas da noite, no meio da representação, Macujê ficou envolta por uma fumaça sufocante, provocando tosse e lacrimejamento. Do alto, avistávamos incontáveis incêndios, as queimadas da cana, cercando-nos. Temi morrer assado no meio daquele inferno. Do Capibaribe Mirim, correndo sujo lá embaixo, subia a catinga do vinhoto, lançado nas águas do rio pela usina. E mais tarde, a apoteose: uma chuva de fuligem, o malunguinho, caindo do céu como se nevasse preto, numa noite europeia de Natal.

Tive consciência do que significam maus-tratos. O descaso absoluto pelo *Outro* faz que joguem os dejetos das usinas nos rios, envenenem o ar, encham as casas de cinza e pó negro. Tudo isto em nome de uma economia que há muito dá sinais de falência, mantendo-se artificialmente com ajuda do Estado. A quem beneficia perpetuar esse erro? Por que nunca se teve coragem de buscar uma outra cultura para a Zona da Mata pernambucana, além dos canaviais?

João Cabral escreveu seu poema natalino celebrando o nascimento em meio à morte, descendo o Capibaribe de Toritama até o Recife. Se subirmos em sentido contrário, do mar até a mata, pelas águas podres do Capibaribe Mirim, chegaremos em Macujê. Mata, ali, é um nome arbitrário, pois só existe cana. Arbitrária, também, é a vontade dos que envenenam sua gente, há tantos anos. Sem nunca atentarem para o sentido de compaixão, o sagrado ideal por que morreu o Cristo. Este que celebram no Natal, esquecidos de quem foi e para que veio. Ligados apenas nas boas castanhas portuguesas, no vinho tinto, no peru suculento, na troca de presentes.

 O álcool das libações natalinas é como a fumaça da cana queimada, envolvendo Macujê. Obscurece a realidade, mas não a transforma. Numa casa, onde se costuma passar fome na entressafra, nasce um "Jesuscristinho", todo sujo de fuligem, já de foice de cortar cana na mão.

 — Seja bem-vindo! Deus o salve! — dizemos.

 E é tudo o que podemos fazer?

Conheça mais sobre nossos livros e autores no site
www.objetiva.com.br
Disque-Objetiva: (21) 2233-1388

Este livro foi impresso na
LIS GRÁFICA E EDITORA LTDA.
Rua Felício Antônio Alves, 370 – Bonsucesso
CEP 07175-450 – Guarulhos – SP
Fone: (11) 3382-0777 – Fax: (11) 3382-0778
lisgrafica@lisgrafica.com.br – www.lisgrafica.com.br